# CHARACTERS

**大・生徒會**
学内の治安維持を担い、
絶大な権力を持つ。

**さかき・ソワンデ**
**（グレイス・エマ）**

**書記**

**阿島 九**（あじま きゅう）
**（福本莉子）**

**斬り込み隊長**

# 「最強の世界」を目指して、冒険が始まる!

小学館文庫

小説

# 映像研には手を出すな!

丹沢まなぶ

原作／大童澄瞳

小学館

# 目次

第1章　映像研、爆誕す！ 005
第2章　鉄巨人現る！ 031
第3章　映像研奮闘す！ 105
第4章　映像研には手を出すな！ 157

# 第1章 映像研、爆誕す！

双眼鏡の中にはダンジョンがある。

学校へつながる橋！　↑陸と切り離された島に浮かぶロケーション。

経緯不明の高低差！　↑一階だと思って歩いていたらいつの間にか二階の不思議。

水上に建てられた校舎！　↑たび重なる増改築によって校内は複雑怪奇！

「これはまさに公立ダンジョン！」

芝浜高等学校の屋上で双眼鏡を覗きながら、さっきから一人でテンションを上げているのが浅草みどりだ。金森さやかは長身の体を少しだけ屈めて屋上に続く窓をくぐる。

浅草氏の背中に声をかけた。

「買ってきましたよ、浅草氏。おしることずんだ餅」

双眼鏡を覗いたまま浅草氏がこちらを振り向いた。相変わらずのアーミー柄の帽子と、それに似つかわしくない小学生みたいな小柄な体。足元には同じくアーミー柄のリュックが置かれている。サイズとしては浅草氏の胴体とほぼ同じくらいだ。

浅草氏がまた学校内の観察に戻った。スカートの尻が汚れるとかそういうのは気にしないらしい。座ったままズリズリ体の向きを変えてそのまま言う。

「うむ。良い働きだ、金森くん」

袋を手渡しながら適当に言う。

「浅草閣下も下界を散策なされてはいかがか」

浅草氏の声が急に弱くなった。

「いや。ワシは人混みは苦手で……。あれ？　金森くん、お釣りは？」

「手間賃として接収しました」

「え⁉」

「浅草氏。まさか私を無賃金で労働させようと思ってたんですか」

手を伸ばして浅草氏から双眼鏡を受け取った。そのまま欄干に肘をついて無意味に学内を眺める。

「う……。考えが甘かったよ」

浅草氏がずんだ餅を箸で食べている。緑色のつぶつぶは粗いものが好きらしい。

もぐもぐしたまま言った。

「時に金森さんよ」

「なんです」

「牛乳おごるからアニ研の見学、いっしょに行こうぜ」

「嫌ですよ。めんどくさい」

「そこを何とか！　音曲浴場の瓶牛乳二本追加するから」

「浅草氏って連れションし文化圏の人間でしたっけ？」

「一人が心細いんだよぅ」

「なんでアニ研にこだわるんです、浅草氏は」

「そりゃ君。アニメが好きだからよ」

「家で一人で作りゃいいじゃないですか。今時簡単でしょう？」

「一人で行動するのがこわいんだよ。……ワシは、きっかけやら環境が整わんと何もできない人間なのだ」

双眼鏡の中にちょっとした人だかりが見えた。金森はカネの匂いを嗅ぎつけて人の輪の中心人物を確認する。

「あ」

声を上げた金森を浅草氏が不思議そうに見ている。

「どうした金森くん」

「水崎ツバメですよ。あれ」

浅草氏が金森の隣にやってきた。目を細めて学校の前庭を眺めている。

「誰？」

「カリスマ読者モデルです」

「じゃあ周りにいる人って全部水崎さんのファンなのけ？」

「そうです。全員が水崎さんにカネを落としてるってことですよ」

「金森氏は相も変わらずカネが好きだな」

「浅草氏。水崎さんと友達になってくださいよ」

「無理だよ。あんな社交性の塊みたいな人と。ていうかなぜ」

「彼女で一儲けできませんかね。なんでも彼女は財閥令嬢でもあるらしいです」

「財閥はGHQに解体されたろ」

「浅草氏。あきらめてはいけません。未発見の財閥が山奥に見つかるかも」

急に浅草氏が顔色を変えた。鼻からムフウと息を吐き出す。

「荒唐無稽だが面白いじゃないか！　その筋で作るか、一本！」

「なにをです」

「アニメだよ！」

浅草氏がスケッチブックに顔をめりこませている。鉛筆の滑る音。

顔を上げた。

「どうよ！　こんな感じのアニメになるぞ！」

緻密(ちみつ)に描(か)き込まれている。絵だけじゃなく、建物や地形の詳細な解説まで。

金森は少し引く。

「どうよって……。短時間でこんな図まで描くとは。浅草氏の行動力のスイッチがよくわかりません」

「アニ研、見学行こうぜ金森氏よ！」

また言われた。金森は目だけで浅草氏を見る。時折見せるこの目。この目になると、浅草氏は妙に強い。

しかたなく言った。「瓶牛乳四本追加なら」

「ぐう。足元を見やがって」

＊

視聴覚室には結構な数の人がいた。アニメ研究会と言ったって所詮(しょせん)は高校生の部活。

どうせ公民館でやる幼児向けの人形劇の延長だろうと思っていたのに、これはもうちょっとした映画館だ。

金森は薄暗い視聴覚室に踏み込む。歩きづらくてしかたない。金森の背中を浅草氏が摑んでいるからだ。

「浅草氏。人を盾代わりに使わないでください」

はじめて巣穴から出てきた子うさぎみたいに浅草氏が怯えている。

「人が少ないとこ……。一番後ろ座ろう。金森くんよ」

「後ろの席は前が見えないんじゃないですか」

座るとほぼ同時にアナウンスが入った。アニ研の誰かがぶっきらぼうに言う。

「えー、じゃあ、流しまーす。アニメでーす」

背の小さい浅草氏が座ったまま背伸びしている。案の定、前の人の頭でスクリーンがよく見えないらしい。

スクリーンで何かが爆発した。地平線にきのこ雲がボッと膨らむ。連続して巻き起こる爆発。

金森には何がすごいのかまるでわからない。

「のっけから爆発ばっかですけど、これは何がすごいんですか」

浅草氏が急にしゃべりだした。

「わからんかね金森くん！　今のは爆発の後に音が遅れて聞こえてきたじゃろ？　こだわりを感じるよ。打ち上げ花火も遠くからだと音が遅れるだろ？　音の遅れを表現するのはヤマビコだけじゃない。爆発だって現象の威力というのが見どころだから細かい部分をリアルに表現すると」

「なるほどもういいです」

指をポキポキ鳴らしながら金森は浅草氏の解説を打ち切る。「求めた以上に解説されるのは苦痛です」

浅草氏が小さくなっている。「面目ねえ……」

「確かに音はいいけど、爆発の動きはイマイチだよね」

急に知らない声が混ざった。金森は「あ？」と思って声の主を見る。浅草氏の隣にいつの間にやら女子生徒がやってきていた。その顔に見覚えがある。さっき双眼鏡の中で見かけた顔だ。

「水崎ツバメ？」

浅草氏が「え？　山奥財閥？」とつぶやいた。

突然水崎氏がぐいと顔を突き出してきた。浅草氏に食いつかんばかりにして一息で言う。

「はじめましてわたし水崎ツバメ同じ一年だよねよろしくねアニメ好きなのわたしもなんだ！」

浅草氏が突然知らん人に話しかけられて意識を失いかけている。水崎氏がグイイとさらに顔を近づけてきた。「突然だけどその帽子貸してくれない？」

「へ？」

視聴覚室のドアがドカンと開いて黒服の男二人が飛び込んできた。水崎氏が「ヤバッ」とつぶやく。

浅草氏の帽子をひったくった。

「ごめん借りるねすぐ返すから！」

代わりにスケッチブックを渡された。「でもってこれ預かって！　見つかったらまずいの！」

そのまま帽子で顔を隠して駆けていく。男二人が駆け出した水崎氏を目にして「いたぞ！」と叫んだ。ドカドカ通路を降りてくる。水崎氏が視聴覚室の前方出口から飛び出して行った。その後を黒服が追いかける。「追え！　前の出口だ！」

浅草氏が呆然（ぼうぜん）としたままつぶやいた。「GHQだ……」

金森はなぜかニヤリとする。浅草氏が言っている。

「悪漢に追われる少女……。お宝と大冒険の匂いがしますな……」

「お宝ですか」

浅草氏の目が少しずつ輝き始めていた。妄想モードに入りつつある合図だ。

「こいつは面白くなってきやがった」

金森もそう思う。

「なかなかおもしろいじゃないですか」

＊

水崎氏は走りに走って校舎を飛び出して行った。金森と浅草はそれを追う。浅草氏が走りながらも独自の世界を繰り広げている。

「山道をひた走る財閥令嬢！　追うＧＨＱ！　彼らは彼女の機密文書を狙っているのだ！」

スケッチブックに何やら描き込んでいる。

「機密文書は封印された古代兵器の在り処を記した地図である！　古代兵器とは遡る

こと紀元前、超高度な文明を持った地球外知的生命体によってもたらされたチャージド・パーティクル・カノン。又の名を荷電粒子砲！」

こうやって浅草氏は世界を作り出す。世界の仕組みを自分で考えて、新しい世界を作るのだ。

水崎氏が川沿いの道に駆け込んだ。追いかけてくるGHQに向かって叫んでいる。

「部活動くらい好きにやらせてよ！」

GHQが叫び返す。「ご両親からの命令なのですお嬢様！」

「わたしは普通に生きたいの！　友達と一緒に帰ったり、好きな夢を追ったりしたいの！」

川沿いの土手を走る。結構な勾配で足を踏み外せば川の中に一直線だ。

「財閥令嬢は崖に向かって一目散！　追うGHQ！　下は濁流。落ちれば木っ端微塵じゃ！」

水崎氏にGHQが追いついた。水崎氏は水門の先に追い詰められる。ジリジリ詰め寄るGHQ。後ずさる水崎氏。

「逃げ場を失った財閥令嬢！　……しかし彼女は荷電粒子砲を改良した荷電粒子携帯鞄で起死回生の一撃を！」

浅草氏がうるさい。水崎氏が背後の川面をチラリと見た。GHQに向かって鞄を振り回し、覚悟を決めた顔をしてそのまま川に飛び込む。

高く水しぶきが舞い上がった。

GHQが叫んだ。

「お嬢様ぁ！」

金森はまたニヤリとする。自分でも何で笑っているのかよくわからない。

「行きますよ。浅草氏」

浅草氏がアホみたいな顔をしている。

「ん？　どこへじゃ？」

「GHQより先に水崎氏を確保するんです。急ぎますよ」

「へ？」

音曲浴場の入り口は二つある。一つはメインの正面入り口。靴脱いで受付して鍵受け取ってタオルもらって風呂に入る経路だ。もう一つはいま金森たちがいるコインランドリー経由。音曲浴場の裏手がコインランドリーになっていて、実はその二階と音曲浴場の休憩スペースはつながっているのだ。

金森と浅草は非常にしばしばこの音曲浴場を利用する。休憩スペースにはマンガがあるし、テレビもあるし、机もあって絵も描ける。しかも何時間いても怒られない。その上風呂に入れるし、金森の主食である瓶牛乳も大量にストックされている。

つまり結果として、入り浸るわけだ。

「あははは！　あれはウチの使用人だよ。悪漢でもＧＨＱでもない！」

一段高くなった休憩スペースのボロいテーブルで肌着姿の水崎氏が爆笑している。対面には浅草氏がいて爆笑する水崎氏にビビっている。まだ少し人見知りモードのようだ。

乾燥機から水崎氏の制服を取り出しながら金森は言う。

「あれですか。親御さんが厳しいんですか」

水崎氏が笑いすぎの涙をぬぐっている。「両親がね、俳優なの。だからわたしにも役者になれってうるさくてさ。でもね、わたしはアニメーターになりたいの！　アニメーションを作りたいの！　だからわたしの好きにさせてってケンカしたら、アニ研の入部、禁止されちゃって」

「ほう。それで入部を阻止しようとするＧＨＱに追われていたと」

「ま、ＧＨＱじゃないけど。そういうこと」

「しかし、アニメ以外なら親御さんは納得するんですか」

「うん。意味わかんないけど、実写系の活動ならむしろ歓迎って雰囲気」

水崎氏がむくれている。

「これってさ、つまり、お前は俳優以外にはなるなってことだよね。まったく、なんで親にわたしの将来まで決められなきゃなんないのかな」

「なるほど」

金森はふくれている水崎氏を見て、それからテーブルの上のスケッチブックに目を落とす。

「ところで水崎氏。預かっていたスケッチブック、見てもいいですか」

「え？ あ、うん」

金森はスケッチブックを自分では開かずにそのまま浅草氏に渡した。浅草氏が「ん？」とアホみたいな顔をしている。しばらく金森の顔を見つめてから、ようやく理解したみたいでスケッチブックを捲（めく）り始めた。

「どうですか？ 浅草氏」

浅草氏の目がスケッチブックから離れない。食い入るように見つめている。

金森は自販機に小銭をつっこんで牛乳を三本買った。一本はいちご牛乳。水崎氏用だ。それをテーブルにコツンと置きながら浅草氏を見てみた。浅草氏の二つの目がスケッチブックの上を高速で動いている。

「アニメーターめざすだけありますな……。ワシの苦手な人物画だ……」

水崎氏が嬉しそうだ。

「わたしはさ、ヒトでもモノでも〝動き〟を追究したいんだ。ねえ！　アニ研の発表にいたってことは、浅草さんも金森さんもアニメ好きなの？」

金森は質問に答えずに浅草氏のアーミーバッグを勝手に開ける。浅草氏が「ちょ！わあ！」とか言いながら妨害してくる。それをかわしながら水崎氏にスケッチブックを手渡した。浅草氏が毎日、〝最強の世界〟とかいう設定を描き込んでいるスケブだ。

水崎氏がスケッチブックをゆっくりと開いた。

「へえー」

水崎氏の瞳が紙面を追いかけるのを眺めながら金森は答える。さっきの質問の返答だ。

「浅草氏は見ての通りですが、私は絵には疎いのです。で、どうです？　水崎さん」

水崎氏の目がキラキラしている。

「これ……、イメージボードと設定画だよね」

その言葉で浅草氏の目まで輝き出した。「そうなんす！　ワシ、小学生の頃からアニメが作りたくてこういうのばっか描いてたんスよ！　はじめて設定画だってわかってもらえた……！」

金森は尋ねる。どんどん知らない言葉が出てくる。

「イメージボードって何ですか」

水崎氏が答えた。

「うん。あのね、到達目標を共有するために、映像の完成形のイメージを描いた絵のことだよ」

「ほう」

水崎氏のスケブを捲る手が止まらない。

「わたしもだけど、普通はキャラとかを描く人が多いのに……。アニメって言って設定とか背景画を描いてる人、はじめて会った。すごいよ、これ」

「ほう」

浅草氏がうつむいたままプルプル震えている。おそらく嬉しいのだ。一通り震えた後、水崎氏のスケブを捲って一つの絵を指差した。なんだか丸っこい、近未来型のコックピットって感じの乗り物の絵だ。

ちらちら水崎氏を見ている。「水崎氏……。このメカ、かっちょいいっすね……」

水崎氏が照れている。

「いやー。人以外も描かなきゃって義務感で描いたメカだから、自分ではあんまり……」

浅草氏の目の色が変わっている。たまに見る目だ。「いや。かっちょいいすよコレ。あの……。描いていいすか？　これ、描いてもいいすか？」

言いながらすでに鉛筆を握っている。まるで飼い主に「待て」をくらっている犬だ。

水崎氏がニッコリ微笑(ほほえ)んだ。

「いいよ」

途端に浅草氏のスイッチが入った。ガバリとスケブに屈み込んでガシガシ描き込みはじめる。どうやら水崎氏のメカに背景を描き込んでいるらしい。ぐんぐん仕上がっていく。単体の乗り物だった絵にカタパルトと作業用の足場が付いた。背後にはなにやらモニターも見える。水崎氏が同じスケブを覗き込んで「おお！」と声を上げた。

浅草氏の肩に手を置いて覗き込んでいる。「ねえ浅草さん！　その地面の四角い枠に斜めの線入れてよ！」

浅草氏が一瞬で意図を飲み込んだ。「なるほど。警戒色のシマシマですな！」

白黒の線なのに、ちゃんと黄色と黒に見える。浅草氏が水崎氏に言っている。

「ところで、これは何用の船なんじゃろか」

「あー、考えてないけど作業用かな？」

「だったらアームとかウインチ付けたいす。ワイヤーとか巻き取るような」

「あ！　付けようそれ！」

金森は浅草氏を見て「ほう」と思う。浅草氏の人見知りスイッチがいつの間にか解除されてる。

「なるほどねぇ。こうやって描いていく絵もあるんだ。わたし、設定から絵を描いたことなかったや」

浅草氏がスケッチブックを見つめたまま答えた。額に汗が光っている。

「わたしは設定が好きなんですよ」

「というと？」

「水崎氏、秘密基地の設計図描いたことあります？　スゲー楽しいでしょ？　あれ」

水崎氏が笑っている。

「トラップとかたくさん設置した覚えがあるわ。核地雷とかさ、なんの敵を想定してんだか」

「わはは」

浅草氏が笑っている。それを見て金森もニヤリとする。

浅草氏がバッと顔を上げた。右腕を振り上げる。握られていた鉛筆がいつの間にかスパナに変わっていた。頭にはヘルメットとゴーグル。腰には工具一式が括り付けられたベルトを巻いている。膝をついて作業するから膝にはごついサポーター。頰が機械油に汚れている。

腕を振りあげたまま言った。

「わたしの考えた最強の世界。それを描くためにわたしは絵を描いているので、設定が命なんです！」

浅草氏の背後に浅草氏の世界が見えた。縦に長く密集した建物の群れ。地面には道の代わりに川が流れている。目の前はシャッターが全開になった工場でそこに水崎氏のデザインした乗り物が収まっている。乗り物は二人乗りで小さい。小型の台の上に乗っかっている。

「あー、浅草さん面白いわ」

作業用の手袋をギュッと引きながら水崎氏が言った。オレンジのゴーグルの下で目が輝いてる。

浅草氏が「シシッ」と笑って乗り物の下にもぐりこんでいった。水崎氏が言う。

「その辺にライト付けた方がいいんじゃない？」

「いやー、その位置だとエンジンのスペース圧迫しますな」

「んー。わたしとしては、アニメーションにしたとき、もっとこう派手に動くギミックが欲しいんだよね」

「そんならいっそ飛べるようにしちゃいやしょ。ターボファンエンジンとかどうすか？」

「いやいやそれよか全体のデザインをもっとこう生物っぽくしたい」

水崎氏が乗り物に透明の長い翅(はね)を生やした。丸い胴体と細長いしっぽ。トンボみたいだ。

「なるほど。カッケー！　でもこれ、着陸できないっすね」

「あー」

「タイヤ兼カウンターウエイトを付けて、ダクテッドファンを二重反転プロペラにして……」

いつの間にか金森も作業着を着て二人の工作に付き合っていた。目の前でどんどん設定が仕上がっていく。新しい世界が作られていく。

浅草氏が「ふいー」と腕で汗をぬぐった。そのまま言う。

「できた！　汎用有人飛行ポッド・名付けてカイリー号！」

水崎氏が胸の前で手を組んで叫ぶように言った。「かっこいい！」

そのまま言う。「飛べる？」

浅草氏が迷いなく答えた。

「二人とも、乗って！」

コックピットに小さな浅草氏が収まった。舌なめずりしてレバーを引く。

「行きますぞ！」

後部座席に水崎氏が乗りこんで安全レバーを腹に落とした。金森もコックピットに補助席を作り出してそこに乗りこむ。もともと二人乗りだからひどく狭い。「狭いですね」

「ノープロブレム！　二人とも摑まって！　Ｇがかかりますぞ！」

「飛べる？　飛べちゃうの？」

「もちろん！」

四枚の透明な翅が猛烈なスピードで上下していく。だけどこれは姿勢制御のためだ。主な推進力は、機体の後部に据え付けられた二重反転式のダクテッドファン。ドローンなんかで使われているアレだ。このファンの推進力で巡航速度時速三七〇キロ、連続航続距離三二〇〇キロメートルを可能にするのだ！

見たことのない世界の空を、三人を乗せたカイリー号が飛んで行く。眼下に広がるのは水没した都市だ。水面に光が反射して太陽が二つあるみたいだ。あんまりスピードが出るから、景色に見惚れていたらいつの間にか目の前に超高層ビルの壁面が迫っていた。水崎氏が叫ぶ。

「前、前！　ぶつかる！」

「おおっとお！」

浅草氏がレバーをグイと横に倒した。途端に機体が真横になって、金森の上に水崎氏の体が落ちてきた。気にせずそのままビルの隙間に突っ込む。水崎氏が笑っている。

「このまま行っけー！」

ビルの隙間を突き抜けた。途端に左右がなくなった。天地は青すぎる空と緑色の海。はるか向こうの水平線に何か輝いてる。はじめて見たのに感じ取れた。目を奪われるってこういう時に使うんだ。浅草氏の瞳に、この世のすべてが凝縮されて映っている。

つぶやいた。

「あれが――、最強の、世界」

帰ってきた。

浅草氏が涎（よだれ）を垂らさんばかりの顔で言っている。目はまだ遠くを見たままだ。

「なんかいま……。とんでもないものができたんじゃ……？」

水崎氏も同じ顔だ。

「いま、すごい絵が見えた気がしたんだけど……」

金森は二人を見る。ひどく興味深かった。世界を作りたがっている人見知りと、動きを追究したがってる読者モデルを組み合わせたら、どんな反応が起こるんだろうとガラにもなくワクワクする。

金森は自分にも他人にも正直だ。だからそのまま言った。

「水崎氏。この浅草みどりとアニメ作りませんか」

浅草氏がアホみたいな顔になった。「へあ？」

水崎氏が困惑している。

「いやでもわたし……」

さっき聞いたから事情は知っている。水崎氏は俳優をしているご両親からアニメ作りを禁じられている。その上で、「アニメ以外ならいい」と言われているのだ。

だから代わりに言ってやる。

「両親にアニ研への入部は禁止されてる。しかも常にGHQの監視つき」

水崎氏が目を伏せてコクンと肯いた。

浅草氏がかぶってないのに帽子のつばをギュッと引いて顔を見せないようにしていた。盛大にキョドっている。

「そ、それにワシゃ……」

知ってる。それも想定通りの反応だ。

「浅草氏は、経験も知識も度胸もない。しかも小学生並みの人見知り」

浅草氏が「ぬう」となってますますうつむいた。

「だったら、部を設立すればいいんですよ。アニ研に入る必要なんてない」

水崎ツバメと浅草みどりが同時に顔を上げて金森を見た。金森は続ける。

「条件に合う部活がないなら作っちまえばいいんですよ。前途有望な若人が何をくだらんことで足踏みしてるんです」

立ち上がって胸に手を置いた。

「いいですか。我々学生はモラトリアムに守られてるんですよ。失う物なんてない。ノーリスクです」

浅草氏の目に光が宿り始めた。口の中でつぶやいてる。

「おお……！」

「私はアニメの知識はありませんが、諸々（もろもろ）のサポートはします」

水崎氏が澄んだ目で金森を見てくる。浅草氏もなんだか感心したような顔でこっちを見ている。

水崎氏が言った。

「金森さん……。どうしてそこまで……？」

金森は窓枠に腰かけて、テーブルの二人を見下ろしながら答えた。

「カリスマ読者モデルの水崎氏がアニメ作れば、絶対カネになります」

二人の声がハモった。

「カネかよ！」

# 第2章 鉄巨人現る！

# 『大・生徒會臨時総会』

## 1

芝浜高校大・生徒會の権力は絶大だ。膨大な生徒数を誇り、生徒の自主性を重んじる芝浜高校では、学内の治安を維持しようにも教職員の数がまるで足りない。だから大・生徒會を中心として、生徒たちは学内の自治のための組織や、自身の趣味嗜好(しこう)のための各種の部活を設立し、大・生徒會の指揮のもと活動している。

一つ。学内の治安を維持する校安警察。学内における各部活の力関係を調査し、情報を集め、搦(から)め手で学内の治安を維持する役割だ。

一つ。大・生徒會直轄の警備部。学内で起こったトラブルや大・生徒會に刃向かう不埒者(ふらちもの)を武力で制圧する実力部隊だ。

一つ。大・生徒會の偉業を映像で保存するの会。記録系の部活のうち、歴代の大・生徒會の活動を記録することに特化した特殊な部だ。彼らの活動のおかげで、大・生徒會は自身の活動のみならず、どの部に対してどのように対処したのか、どの部とどの部がくっついてどの部が無くなったのか、そういう膨大な履歴を所有できている。一つ。その他乱立する四二九と八十一の部活及び同好会。

大・生徒會を組織しているのは四名だ。ストレートの黒髪、教師と自身にとって〝模範〟であることがアイデンティティになっている生徒会長道頓堀透。スカートも長い。

「あなた方は、親、学校、社会システムに庇護されている存在です。もちろん私もそう。だから、自分たちを守ってくれるそれら尊いものに日々感謝して過ごすべきなのです。私たちは、個人である前に学生。学生らしく、清く正しく生きるべきなのです。そう思いませんか？」

　長机の中央にいる生徒会長の右隣は書記のさかき・ソワンデだ。編み込んだ髪と浅黒い肌。猛禽のように強い眼光で芝浜高校の生徒たちを居すくませる。

「……つまり会長は、お前ら生徒の自主性は最大限保証するが、学内の秩序を乱す行き過ぎた行為は処罰の対象にするって言いたいんだ。わかるよな。そういうことでいいな、会長」

　ソワンデが目で肯くように促すと、道頓堀会長がコクリと肯いた。大・生徒會の意思はこうして決まっていく。

会長の左にはツインテールの女子生徒がいる。さっきからずっと椅子の上に片足を乗せて、「舐められたら終わり」を座右の銘にしてる九〇年代ヤンキーみたいな態度でふてくされている。大・生徒會の斬り込み隊長、阿島九だ。

「正直さぁ。毎度毎度こうやって審査するのかったるいんだよね。もうさ、あんたらでバトルロイヤルして勝ち残った部活だけ承認するとかさ、そんなんでいいんじゃない？」

右隅の席に座ってずっと目を閉じているのは、大・生徒會唯一の男子生徒、会計の王俊也。常に寝ている。あんまりいつも目と口を閉じているから、ごくまれに口を開くとそれ自体が珍しすぎて妙な発言力を発揮したりする。今日も寝ている。

「…………」

大・生徒會会長、道頓堀は言う。

「我が芝浜高校は自由な精神を推奨し、部活動による健全な育成を目指し、生徒が必ずクラブに所属しなければならないという校則があります。しかし近年の趣味嗜好の多様化、さらに個人主義の増加に伴い、分裂に分裂を重ね、現在把握しているだけで四二九と八十一の倶楽部、同好会等があります（大・生徒會　部活動管理局調べ）。部活動管理局長、間違いありませんね」

目の下に隈を作った部活動管理局長が息も絶え絶えに答える。

「はい……。その上、新設の部活等の申請は毎日途切れることなく続いております。既存の部活動も一緒になったかと思えば分裂し、分裂しては増殖し、消滅したかと思えば復活し……。まるで虫みたいに。しかも部室もまるで足りていません。文芸部や吹奏楽部など活動実態のはっきりした老舗の部が入る第一等部室はもとより、トランクルームを利用した第二等部室、通称〝倉庫〟、カプセルホテル型の第三等部室、通称〝蜂の巣〟すら足らず、現在は学内を流れる川岸にテントを張った第四等部室、通称〝キャンプ〟が続々と増えている状況です」

生徒会室に集められた黒山の生徒たちを一瞥して、書記のさかき・ソワンデが鋭く言った。

「今の話を踏まえて聞け。本日の議題その一だ。活動が重複している部活動の統廃合を検討する。じゃあ、会長」

ソワンデの促しで道頓堀会長がスッと背筋を伸ばした。よく通る声で言う。

「お集まりの写経部、模写部、形態模写部、声帯模写部のみなさま」

ソワンデが引き取った。「あんたら、部活一個にまとめてくんない？」

途端に猛烈なブーイングが巻き起こった。悲鳴みたいな声も聞こえてくる。

「なぜですか⁉」

「なぜ彼らと⁉」

道頓堀会長があたりまえみたいに言った。「みなさまは、なんというか、何かの真似をする部活ですよね」

「いやいやいや」

「ちがいますよ！　似ても似つかない！」

「でもみなさん、何かの真似とかフリをして、それが似ているとうれしい……。そんな感じですよね」

「………」

みんな苦虫を噛み潰した顔なのに反対意見が出てこない。それを見て、ソワンデはザックリと言う。「じゃああんたら、統合して今日から真似事部な」

「真似事部……」

会長がニッコリ笑う。

「特に反対意見もないようなので決定で。みなさん、そっくりですよ」

元写経部、模写部、形態模写部、声帯模写部の部員たちがぞろぞろと生徒会室を出て行った。最後の一人が部屋から消えると同時にソワンデは鋭く言う。

「次」

「続いては、スタントアクション部、人質部、人身御供(ひとみごくう)研究会、影武者同好会、身代わり部、替玉受験を考える会のみなさま。ご起立ください」

大勢がバラバラと立ち上がった。場が鎮まると同時に会長が言った。

「みなさんも何かの真似……。というか、何かのフリをする活動ですよね？」

また一斉に非難の声が上がった。

「いやいやいや！」

「ちがいますよ、まったくちがいます！」

「私たちはそれぞれ確固たる信念のもとに」

「我々は誰かの身代わりを務めることに情熱を注ぎ」

「私たちは誰かの引き立て役に徹して」

「スポットライトを浴びずとも、たとえ日陰の存在であっても」

「それを尊いと信じ、自ら身を投じているんです。こんなすばらしい部活がほかにありますか？」

斬り込み隊長の阿島がナイフでも突き刺すみたいにザックリと言った。

「息ピッタリじゃん」

会長が微笑む。

「みなさん、そっくりですよ。それではみなさん、今日から第二真似事部としてご一緒に崇高な理念を追究してください。では次」

ソワンデは再び「ふん」と鼻を鳴らす。

「引き続き議題その二だ。芝浜高校校安警察からあがってきている危険分子活動調書の検討に移る。これは——」

報告書をペラペラめくった。「ほとんど映像研がらみじゃねえか」

校安警察・西島（にしじま）が生徒会室後方のスクリーンの前に立った。しゃべりだす。

「ここ数か月頻発している学内の騒動及び事件には、映像研究同好会、通称『映像研』が関与していると思われます」

阿島が言う。不機嫌そうだ。

「ていうか、『思われる』じゃなくて関与してるから、それ」

校安警察西島が言う。

「まずは記憶に新しい『アニ研視聴覚室騒動』」

スクリーンに静止画像が映し出された。以前、視聴覚室で催されたアニ研によるアニメ上映会の際、突然飛び込んできた黒服の男たちによって上映会がめちゃくちゃに されるという事件が起こった。その際の混乱した視聴覚室内の様子を写したものだ。

画像が切り替わった。今度は芝浜高校学内を流れる川縁(かわべり)を、制服の少女を追って黒服の男たちが追いかけている写真だ。まわりで生徒たちが困惑したり応援したりしている。逃げている少女がカリスマ読者モデルの水崎ツバメだからだ。そしてその読者モデルが、あろうことか衆目の中、川の中に一直線にダイブしたからだ。

「そしてこの、『学内河川の乱』――。この二つの事件は我が校生徒の平穏な生活に甚大なる悪影響を及ぼしました。これら二つの事件は彼女たち映像研が要因と目されています」

舌を鳴らして阿島が言う。

「いやばっちり画像に残ってんじゃん。『目される』じゃなくてあいつらが元凶だっての」

校安警察西島がチラチラ大・生徒會メンバーを見ている。褒めてほしそうに勿体(もったい)ぶってから言った。

「あとこれは校安警察の独自調査で発覚したことなのですが……、どうやら映像研は部活設立の条件である顧問を獲得するため、職員室に乗り込み、あろうことか『ヒマな先生いらっしゃいますかー？』と呼びかけたとか……」

ソワンデは「ふう」と短い息をついた。

「それで応じた教師がいるのか？」

「ええ。あのアゴ鬚だけで有名な藤本先生が、『いるよー』と……」

呆れる。

「ならもうそれはいいだろ。自覚があるなら」

西島がエサをもらい損ねた犬のような顔をしている。スクリーンに向き直った。

「加えて、映像研設立申請時の、金森さやか、浅草みどり両名による大・生徒會への不遜な発言、および活動内容を『実写である』と偽った件も教師の間で問題になっています」

部活の新設を申請するために職員室に向かう道すがら、浅草氏が不安そうに言った。

「でも、アニメ研究会はすでに存在するのだぞ？　新しくアニメを作る部活を申請しても、はたして受理されるものじゃろうか？」

部活動の乱立に手を焼いている芝浜高校には「部活動重複禁止」という規定がある。他クラブの活動内容と重複する場合は部活の新設は認められないし、活動開始後に活動実態が既存の部と重複していることが発覚すれば、その時点で休部もしくは廃部の対象とされる。

水崎氏も不安そうだ。「確かに……」

金森は気にしない。

「そこは私がカネか暴力で解決します」

職員室にいた先生に「映像系の部活を作りたい」と言ったら、「何やるの？」と聞かれた。

先生がだるそうに言う。

「映像系なら映画部とか作ったら？　できればさ、君たちで映画撮影してコンクールとか出てくれると助かるんだけど。ほら、うちの学校って大会とか出る部が少ないからさ」

浅草氏と水崎氏が戸惑っている。「じ……、実写ですか」

あっさり言われた。

「え？　だってアニメはアニ研があるし」

金森は浅草氏と水崎氏を押しのけて前に出る。

「先生。映像系の部活作ったら部費はいくら出ますか」

「え。うーん、まあ、正式な部になれば年間で最大十五万円かな」

「ほう……」

浅草氏が金森の背中をつついた。顔を寄せて小声で言う。

「金森氏……。先生は実写を撮らせることを想定しておるんじゃよ。ワシらはアニメを作りたいのじゃ」

金森はザックリ言う。

「何言ってんスか。アニメだって映像には違いないでしょう。映像部を作ってアニメ作ればいいだけの話ですよ」

浅草氏と水崎氏がきょとんとしている。「映像部……？」

金森はニヤリと笑う。

「ええ。映像研究同好会。——映像研です」

その上、大・生徒會四名を前に、「映像研」を名乗る金森さやかは言い放った。

「昨今——、映像コンテンツの視聴手段が多様化し、映像媒体による垣根は無くなりつつあると言って差し支えないでしょう。映画をテレビで観（み）、テレビを通信用小型デバイスで観る時代。そこで我々は、すべての映像媒体に最適化されたオールマイティな映像コンテンツを作る可能性を見出しました。これは全く革新的かつ独創的なものです。我々映像研は、我々にしかできない、唯一無二の活動をすることを約束します」

金森のスピーチの熱に道頓堀会長が少しだけ押されていた。

「それは……、ぐ、具体的には、他の映像系の部活動と何がちがうんですか」

金森があっさり言う。

「同じと言えば同じですね」

会長が困惑している。「はい？」

「ですが、原点であり頂点。王が誕生したと思ってください。生徒会長、一つ、質問です。——映画、ドラマ、アニメ、エトセトラ、エトセトラ……。これらの原点は何です？」

道頓堀会長が異国の言葉を聞いたみたいな顔になった。だからソワンデが代わりに答えた。

「……映像、だね」

金森がニヤリと笑った。

「そうです。ですがこれまで映像という概念そのものを研究する部活動はありませんでした。今、枝葉ばかりが広がり、むやみやたらに細分化される映像系部活動に必要なのは、大きな幹だとは思いませんか？　人々は待っているのです、王の誕生を。いずれすべての部が私たちにひれ伏すでしょう。我々映像研の前に」

道頓堀会長が苦虫を噛んだ顔をしている。思い出したのだろう。

阿島が会長に言っている。

「あのハッタリ、結構効いたよね」

会長がとぼけたように言った。

「いえ。私にはぜんぜん響きませんでしたけど」

「いやいや……、会長、少し『ほう』って顔してたじゃん」

校安警察西島の額に汗が浮いている。いくら並べ立てても危険分子活動調書が終わらない。

「続いて、映像研が使用している第五等部室〝彼岸〟の設備破壊についての報告です。藤本先生を顧問に迎え、学内の最果てで朽ちかけていたプレハブの部室〝彼岸〟を拠点とした彼女たちですが、あろうことか活動開始から数日で〝彼岸〟の外壁、および内階段手すりを破壊しております」

　ソワンデは頰杖をついて画面を眺める。映されているのは、映像研が設立後すぐに引き起こした事件、「浅草みどり墜落事件」の場面写真だ。映像研の部室はトタンでできた内部二層型のプレハブだ。しかも相当に老朽化していてあちこち崩壊が始まっている。「浅草みどり墜落事件」とは、その〝彼岸〟の二階部分から、老朽化した柵を突き破って、映像研の浅草みどりがダイレクトに床まで落下するという「事故」を、金森さやかが一本の映像に収めたものだ。

　一歩間違えば大怪我につながりかねない事故だったのだから、当然大・生徒會は問題視した。その事故の様子を金森さやかが撮影していたのも問題になった。その上あろうことか、金森はその落下映像を「衝撃映像」と銘打ってテレビ局に売った。

　あの時、道頓堀会長は顔を赤くして映像研の金森に食って掛かった。

「これはつまり、仲間に故意に事故を起こさせて、それを売って金銭を得たってことじゃないんですか？」

「映像研の活動履歴を記録するため、たまたま動画を撮影していたまでです」

　金森はそう言って悪びれなかった。

「ちなみに、テレビ局から入金された三万円はどうしたのですか」

ニヤリと笑ってこう言った。

「部室の修繕費に回しました」

西島の声が嗄れ始めた。「んんっ」と喉を鳴らしてから続ける。

「続いて、『学内夜間無断侵入・無許可宿泊事件』です。大・生徒會主催の部活動予算審議委員会で上映するアニメ制作のため、映像研三名が夜の学内に忍び込み、無許諾で部室を占拠し、夜通しアニメ制作を行った疑いがあります。『部室での夜明かし』は、大・生徒會会則で固く禁じられております。それにも拘わらず徹夜での作業を行ったという疑惑が――」

呆れたように阿島が言う。

「だから、『疑惑』じゃなくてそれ真実だっての」

映像研を正式な部活動として承認してもらうために大・生徒會から提示された条件は、「予算審議委員会で活動実績を示せ」だった。

だから金森たち三人は、学内で自由になる時間を全部使ってアニメ制作を続けていた。そしてようやく一応の形が見えた発表前日のこの日、放課後の部室で爆発するみたいに浅草氏が叫んだ。

「やり直しじゃ！」

金森と水崎は固まる。浅草氏がマイクパフォーマンスするプロレスラーみたいな顔をしている。

金森はとりあえず心を落ち着けて応じた。

「予算審議委員会は明日です。浅草氏、突然何を言い出すんですか」

浅草氏を落ちつかせようと思って静かに言ったのに効果はゼロだった。浅草氏が目を剝く。

「やり直しったらやり直しじゃ！　全部ぶち壊しちゃるけえの！　ワシを止められる思うちょるなら止めてみいや！　おお!?」

水崎氏が引いている。「いやなんで広島弁？」

冷静に話したって効果がないなら金森だって我慢しない。

「ぶち壊すとはどういうことだ!?　いまさら何を言い出すんだ貴様は！」

浅草氏が目に涙を浮かべている。

「背景は描き直しじゃ！　ぎょうさん描いた設定をなーんも生かしちょらん！」

浅草氏が水崎氏に駆け寄った。「それによう、水崎氏！」

近い。水崎氏が顎(あご)を引いている。「はい！」

「きさんの絵、立ち絵ばかりで何しちょるかわかりゃせんぞ！　切って飛んで爆発させて、なんもかんもササラモサラにしちゃれえい！」

そう言われたら、あろうことか水崎氏の目が輝き出した。

「いいの⁉　描き直していいの⁉」

止めねば。金森はさけぶ。「今さらダメに決まってんでしょうが！」

浅草氏が爆発した。

「だあああああ！　戦車の目が光っとらん！　背景がスカスカじゃ！　ビカビカさせたりドカーンってせんかい！　もっと動かしたいんじゃあ！　もっと描き込みたいんじゃあ！　こがいなもん最強の世界じゃねえど！　やり直しじゃあああ！」

金森はプロデューサーだ。負けるわけにはいかない。

「そんなことして明日の予算審議委員会に間に合うんですか⁉」

逆ギレされた。

「んなもんワシが知るかぁ！」

「こだわりはわかる。だが！　どんないいモン作ったって間に合わなきゃ意味ないんですよ！」

浅草氏から空気が抜けた。そのままその場にしゃがみ込む。

風船から少しずつ空気が漏れるみたいに弱々しく言った。

「金森氏……。ワシゃあ、アニメ描くことしかできんのよ。言うたらこらぁ、ワシの命綱よ……。自分で自分の命綱を切るアホウがどこにおる……」

ゆっくりと顔を上げた。目が変わっている。

「ワシゃ、やるど」

強い時の浅草氏の目だ。

金森は首を回して水崎氏を見た。水崎氏が唇を真一文字に結んでいた。

「水崎氏は……？」

「やる」

言い切った。「アニメーターの本領は締め切りすぎてから発揮されるんだ」

映像研は三人だ。金森だってそのうちの一人。

苦渋の決断だった。

「吐いた唾(つば)……。飲まんでくださいよ」

金森はプロデューサーだ。時間がないなら作るのが仕事だ。

金森は仕事に責任を持つ。

必ず。

間に合わすために夜の部室に忍び込むことに決めた。禁じられているのは知っている。発覚すればペナルティーだってある。けどそれは、見つかってしまった場合のことだ。

芝浜高校の名物となっている特殊な部活動、下水道部と上水道部の力を借りることにした。下水道部の案内で校内の地下を貫く貯水道を抜け、上水道部のボートを借りて学内を流れる川を下った。その先にあるのは我らが映像研の部室、〝彼岸〟だ。

ボートの上で浅草氏が夜の闇に怯えている。

「か……、金森氏、夜、学校に行ってはいかんのでは……?」

「表向きは禁止です。だが裏向きはＯＫ。構やしません。他の部活動だって、明日の予算審議委員会の準備のため、さまざまな方法で学校に残っています」

「へぇえ」

その夜、映像研の明かりは一度も落ちなかった。明け方、白み始めた空を窓から見て金森は言う。

「間に合いますか」

浅草氏と水崎氏が借りもののパソコンに向き合ったまま答えた。

「間に合わす！」


午後三時。予算審議委員会が始まって数時間。

金森はパソコンの前で丸まっている水崎氏の背中に向けて叫んだ。

「まだですか！」

「あと一枚！　とりあえずこれお願い金森さん！」

「浅草氏、スキャンデータです！　編集は⁉」

「やっとるわい！」

「金森さん、あとどれくらい？　委員会までどれくらい時間ある⁉」

金森は唇を嚙む。「次が我々です」

間に合わなかった。

金森は部室のドアに手をかけた。やりたくなかったがしかたない。席を立ったプロデューサーに、アニメーターと監督が不安そうな声をかける。

「金森氏、どこ行くんじゃ⁉」

「どうしたの金森さん⁉」

金森は二人を振り返った。ドアをくぐり、閉じながら言う。

「時間、作ってきます」

校安警察西島が忌々しそうに顔を歪めている。

「さらに、予算審議委員会の時間引き延ばしを狙って、学内の暗号システムに不法アクセスし、全校生徒に怪文書を送った疑いまであります」

阿島が「はあ!?」と腰を浮かせた。「マジで？　あれも映像研なの？」

道頓堀会長が呆れながら阿島を見ている。

「いや、阿島さんそこにいましたよね」


予算審議委員会は映像研のおかげでめちゃくちゃになった。炭水化物革命研のプレゼンが終わって、次の映像研が講堂に入ってくるのを待っていたら、突然、数えきれないほど大勢の生徒たちが講堂に押し寄せてきたのだ。さまざまな格好をした各種部活や同好会の面々だ。やってきた彼らが口々に叫んでいた。

「あまりにも唐突すぎやしませんか？　この呼び出しは！」

「いくら生徒会だからってこれは横暴だ！」

講堂内は駆け付けた大勢の生徒で大混乱に陥った。彼らはみな、その手に一枚のFAX用紙を握っていた。それにこう書かれていた。

〈大・生徒會より緊急呼集。貴部活動並びに同好会に次ぐ。本日中に予算審議委員会に参集されたし。この要請を拒まれし場合、貴部活動並びに同好会は即時廃部とす〉

道頓堀会長は叫んだ。

「そんな伝達はしていません！　誤報です！」

だけど誰も納得しなかった。学校中の部活と同好会が続々と押し寄せてくる。彼らの誤解を解き、暴れる生徒を警備部が制圧するまで数時間もかかってしまった。

「いったいどうなってるの⁉　いったい誰がこんな真似を！」

叫びながらも察していた。予算審議委員会のプレゼンのスケジュール。炭水化物革命研の次は映像研だ。映像研の三人が、「映像研には手を出すな」と言っているのだ。

「警備部！　早く生徒たちを講堂から追い出しなさい！　さもないと映像研が――」

その時講堂の正面入り口に三つのシルエットが並んだ。真ん中の背の高い女生徒が言った。

暗いのに、笑っているのがわかった。

「ちわー。映像研です」

道頓堀会長が苦虫を奥歯ですり潰して舌の上に一分間留め置いてるみたいな顔をしている。

「思い出しちゃった……」

生徒たちを追い出して、第一講堂内には大・生徒會とその関連組織、それに映像研だけが残った。道頓堀会長が舞台上の映像研三人に向かって言う。まだ息が荒い。

「次の部活……。映像研究同好会、どうぞ」

金森さやかがマイクを取った。

「映像研究同好会です」

続けて話そうとする金森を道頓堀会長が遮った。「待ってください。誰が発表を許可しましたか?」

舞台上から金森が見下ろしている。「……発表するために我々はここに来たんですがね」

道頓堀会長が大きく息をついてから胸を張った。

「今日、映像研のみなさんをお呼びしたのはプレゼンのためではなく、通告のためです」

金森がピクリと眉を動かした。「通告……？」

「先生方と大・生徒會との協議の結果、映像研究同好会の発表を中止するとの判断にいたりました」

舞台の上で浅草みどりと水崎ツバメの顔が真っ青になった。表情を変えずに金森さやかが言う。

「なぜ」

「映像研の起こした数々の問題行動や疑惑を多角的に考慮した結果です。映像研は、芝浜高校における活動としては不適切だということです」

「納得のいく説明を求めます」

「まず、アニメ研究会から苦情がきました。視聴覚室でのアニメ上映中に映像研が大捕り物をやり、実害を被ったと。これについてどうお考えですか？」

「問題はないと考えます」

「そうですか。次に、学校から提供された部室に対して行われた破壊行為についてはどうお考えでしょう。映像研部室、通称〝彼岸〟の階段手すりを崩壊させた事件、それと、そこから浅草みどり氏が落下した事故についてです」

「……加えて、映像研には校則違反の疑いがあります。夜間不法侵入、活動内容逸脱、生徒扇動、共謀……。これらについては？」

「容疑であって現行犯ではないでしょう。問題はないと考えます」

　黙っていたソワンデが口を開いた。

「問題、大アリだろうが」

「そうでしょうか」

「当たり前だ。このままなら廃部だ」

「……廃部？　大・生徒會はそんな根拠不明の疑惑だけで一つの部を潰そうっていうんですか？　あなたたちにそんな権限はないでしょう？」

「だったら『問題ないと考える』根拠を示せって言ってるんだよ。根拠を示せるなら予算の審議をしてやる。今のとこ、映像研はパブリック・エネミーってイメージしかないし、内容によりゃ活動停止にする」

「我々の活動の……、どこに問題があるとお考えですか」

　ソワンデは淡々と答える。

「部室壊したり外部の人間校内に入れたり問題ありまくりだわ」

「ほう……」

　舞台の上で金森がニヤリと笑った。

「部室が壊れたのは老朽化のためなんですよ。学校側も責任を認めてます。外部の人間が立ち入った件についても、もし問題があるとすれば、それは学校側の保安責任が問われる案件ですよね。つまりこれ全部、学校側の問題。不祥事です」

　予算審議委員会に出席している教師陣に金森が目をやった。教師たちが緊張している。

「不祥事の話しますか？　先生」

　教師たちが無言で首を横に振っている。道頓堀会長が代わりに声を上げた。立ち上がって叫ぶように言う。

「ダメです！　学校の不祥事の話はしないでください！」

　ソワンデは呆れる。「はっきり言うなよ」

　会長が息を荒らげたままドスンと椅子に腰を落とした。ソワンデは一つ息を吐いてから続けた。

「屁理屈(へりくつ)はもういい。では、活動内容について聞かせてもらおうか。映像研は、他のどの映像系の部活ともかぶらない、唯一無二の映像を作るんだろ？　お前らがそう言うから、生徒会は条件付きで活動を承認したんだ。それを踏まえて聞くぞ？　それで、今日は何を発表してくれるんだ？」

金森が答えると思っていたのに、隣の水崎ツバメが口を開いた。「あ……、アニメーションです」

斬り込み隊長の阿島が鼻を鳴らした。「ダメじゃん。他の部活とドンかぶり」

「でも……、わたしたちが作った、わたしたちのアニメーションなんです」

ソワンデも呆れる。

「なんだそりゃ。アニメならアニ研でやればよかっただろうが」

そして思った。結局コイツらも口だけだ。口では立派な理念や壮大な夢を語るけど結局のところそれだけだ。どこもかしこもそんな奴らばっかりだ。腹が立ってしかたない。

「想いや熱意みたいなフワフワしたもんで映像研に積もり積もった疑惑を吹き飛ばすことはできないんだよ。信頼できない相手にカネは出せない。大・生徒會は、映像研を信頼に足る団体と認められないってことだ」

道頓堀会長がどこか嬉しそうに言った。

「映像研（仮）の活動を正式に認可することもできません。仮認可の期限は今日までですから、みなさんの活動も今日までです。おつかれさまでした。では、生徒会長権限により、映像研による発表は中止に」

「でええい！　ちくしょおう！」

今度は浅草みどりが叫んだ。ずっとうつむいて黙っていたのに、スカートの裾をぎゅっと摑んだまま、金森と水崎を押しのけて前に出る。

叫んだ。

「お……、おうおう！　下手に出りゃあ付け上がりやがって！　手前っちに頭下げるようなお兄さんと、お兄さんの出来が少しばかり違えんでえ！」

全員が固まった。ボロボロに泣いている。感情が溢れ出してる。

「てめえら生徒会に合わせてやった儀式みてえなくだらねえ能書きの段からグズグズ文句ばっかり言いやがって！　なにおう？　問題ありまくり？　てやんでえ黙って聞いてりゃガタガタガタガタ好き勝手ぬかしやがってこのトーヘンボク！　好きで悪漢に追われてボロい部室にケガさせられてるわけじゃねえや！　どれもこれもアニメ作るにゃ必要な苦労だったんだ！　てめえらにゃわからねえ細工の苦労だベラボウめ！」

涙とともに啖呵を切った。

「細工は流々、仕上げを御覧じろだろ！」

阿島が遠くを見ながら言っている。あの時のことを思い出しているのだろう。

「あれ、ぜんぜん意味わかんなかった」

ソワンデは阿島を見もせずに言う。

「阿島はもう少し日本語を学ぶべきだ」

「なんだっけ？『やり方に注文つけるな。完成品を見ろ』だっけ？」

「それで思わず会長が言っちゃったんだよね。『まあ、映像だけなら、流して結構です』って」

「そうだ」

道頓堀会長がそっぽを向いている。ソワンデは会長の後頭部に向かって言う。

「そうだ」

「そこ認めたら、発表許すのと同じだけどな」

「で、見せられたのが」

あの時、舞台の上で浅草みどりは叫んだ。「刮目（かつもく）して見よ！」

『そのマチェットを強く握れ！』

スクリーンが白く輝いた。眩しい。

その白い光の中、少女は一人、飛行機のハッチに立つ。一二〇〇メートルの上空から身一つで飛び立った。風を切り地表を目指す。成層圏からの落下だ。呼吸を確保するため少女の顔には酸素マスクがはまっている。ゴーグルに映るのは荒れ果てた地表。ゴツゴツした黄色い岩。きっと空気も乾いていることだろう。

少女はその全身に風を受け弾丸のようになって飛んで行く。バッと音立ててパラシュートが開いた。途端に少女の体はぐいと引かれ、胸と腹に強烈な圧力がかかった。その圧力を利用して少女は防護服を脱ぐ。パラシュートといっしょに防護服が背後に飛んで行った。防護服の下に現れるはセーラー服。短いスカートをなびかせて少女は岩地に降り立った。そのまま靴底で岩を削って斜面を下る。落下の勢いはすさまじく少女は地表に倒れ込む。砂埃が舞う。ゴーグルが黄色く染まる。裸の両足に砂粒がヒリヒリ痛い。少女は体を起こそうとする。

その時、視界の隅に〝戦車〟が見えた。二本の主砲を持ち、連続攻撃が可能な戦車だ。二つの砲門を備えているため重心が高く横転しやすいが、ハイエンドな油気圧サスペンションを備え、不整地でも時速一九〇キロメートルのスピードを誇るPersonal Defense Tank、個人防衛戦車だ！

　戦車が少女に砲身を向けている。セーラー服の少女は背中の鞘からマチェットを引き抜く。それを大きく振り回した。少女の体は細い。だが、マチェットの動きは鋭くて重い。マチェットが太陽の光を受けて輝く。その刀身に沿って、光が滑らかにすべる。

　少女がマチェットを構えた。戦車と対峙する。

　少女VS戦車の戦いがはじまるのだ。

　個人防衛戦車が徹甲弾を放った。少女の立つ地面が砕け散る。だが、少女はその前に跳んでいた。圧倒的なスピードで地面を跳ねるように走っていく。少女の歩幅はおそろしく広い。なぜなら少女はこの星の人間ではないからだ。少女の生まれた星は、この星の数倍の重力を持っていた。だから少女にとって、この星はあらゆる抵抗を失った世界。跳ねれば何メートルだって飛べるし、チーターよりもダチョウよりも速く走れる。体組織の密度だって違うからちょっとやそっとのダメージは少女の体には通らない。いくら走ったって疲れない。射出式のワイヤーと楔さえあれば、自らの体を引っ張って縦横無尽に空だって飛べる。戦車とだって闘える。この少女は、強いのだ。

少女は走りながら戦車の砲弾を避けていく。腕の装置からワイヤーを射出して、岩場に打ち込んだ楔に自らを引かせて空に舞い上がった。そのまま大きく反動を付け、その勢いのまま戦車に突っ込んだ。少女のマチェットが個人防衛戦車の側壁を裂く。舞い散る火花。

戦車は自走する力を失って闇雲に少女を撃とうとする。連続して放たれる徹甲弾。左右の砲身が縮んでは伸び灼熱の金属の塊を吐き出していく。そのたびに戦車は反動で傾いていく。攻撃は止まない。少女は走っている。戦車は途切れずに弾を放つ。前部のキャタピラが地面から浮きはじめた。重心が落ち着く前に戦車は新たな弾を放つ。弾が放たれれば戦車の重さは減る。ますます重心は後ろにかかっていく。戦車はいまにも倒れそうだ。少女に弾は当たらない。

少女が高く舞い上がった。戦車は少女を追って砲台を限界まであげる。少女が太陽と重なった。その時だ。戦車が真後ろに転がった。〝鏡餅〟とも呼ばれる個人防衛戦車の最大の欠点、重心の高さが戦車の自滅を招いたのだ。少女はマチェットを頭の上に振りかざした。そのまま戦車に落ちていく。

マチェットが個人防衛戦車のエンジングリルを貫いた。個人防衛戦車がスパークに包まれる。

激しい爆発。

爆発の煙の中、少女は地に降り立ち、マチェットを高く掲げた。

スクリーンに映った。


『END』


「まあ……。あれは確かによい出来でした。ソワンデさんも言っていたじゃないですか。『こいつら、予算なくてもやるタイプだ』って」

「む。まあ」

「阿島さんだって『すっげー』って言っていたでしょう？」

「ん。まあ」

道頓堀会長は「コホン」と一つ咳をする。

「確かにあそこで許可はしました。しかし、今後はこのような部活動は粛清せねばなりません。教職員サイドからの要請もあり、映像研だけでなく、このウジャウジャした無数の団体に対して断固たる方策を取らないといけないのです。そこで……」

全員に向かってはっきりと言った。

「大・生徒會は『部活動統廃合令』を発令します」

## 2

第五等部室、〝彼岸〟。その入り口の上に「映」の文字が輝いている。いや、輝いてはいないけど輝いているつもりでいる。

映像研究同好会の部室は主にトタンとベニヤでできている。戦前からここにあると聞いている。顧問の藤本先生にはじめてここに連れてこられたときは、トタンとか穴だらけで時折小動物が入ってきたりしていたけど、なけなしの三万円で工具を買ってなんとか自力で補修した。風が吹けばトタンは竹藪みたいにワシャワシャするし、雨が降れば多種多様な打楽器の演奏会みたいになる。

けどここが映像研の拠点。基地だ。

浅草は走ってきた勢いのまま映像研の両開きのドアを開け放った。

「水崎氏！」

机で何か描いていた水崎氏がビクッと腰を浮かせた。浅草は駆け寄る。止められない。

「水崎氏、水崎氏、水崎氏！　何ということじゃ……。ロロロ、ロボットを発見してしまった！」

水崎氏が大きな目をさらに大きくした。「ロボット⁉」

食いつかんばかりにして言う。

「シートかぶってたけどもシルエットは完全に巨大ロボだった！　ありゃあ明らかに頭部と肩部だったよ！」

「え？　どういうこと？　学校にいるロボってなに⁉」

「しょ、証拠もある！　見よ！」

浅草が取り出したのは、さっきロボらしきものを見かけた地下室の床に転がっていた板だ。木片に墨で「鉄巨人左腕」と書いてある。

水崎氏が興奮している。「おおお！」

「加えて我（われ）足あとも目撃せり！　ここに記録してきた！」

今度はスケッチブックを取り出した。スタンプみたいに平坦（へいたん）な足あとだ。

浅草は体を震わせる。足あとだけで二メートルくらいあった。爪先（つまさき）から頭のてっぺんまで電気が突き抜けた。「……芝浜高校巨大ロボは実在した……！」

水崎氏がスケッチブックに食いついた。浅草も隣に座ってスケブを開く。

先に描き上げたのは水崎氏だった。

「てことはさ！　てことは、コレ系？」

ロボの足首だ。下に向かって装甲が太くなっているゲートル系！

「おお！　様式美ですな！　いやしかしこれはあまりに古き良きロボアニメ的！　これどうでしょ！」

今度は自分の絵を見せた。人間の足に近いほっそりした筋肉を感じさせるフォルム。

水崎氏がテンションを上げてくる。「肉体系！　より生物に近いフォルム！　いいね！」

でもスケブを破って放り投げた。「しかしこいつはバケモノ系かもしれねえんで、こわい！」

水崎氏が次を見せてきた。「スラックス系！」

「おお！　ナチュラルなアウトラインで高性能そうですな！　でも多少こわいので学校には出ないでほしい！」

「さっきからその〝こわい〟って何？」

「ロボはこわいより格好いいのがいい！　どうでしょ！　メカニカル系！」

「スピードや馬力に性能が現れるやつだ！　しかし戦闘を武器に依存するやつ！」

「学校にはふさわしくない！」

いつの間にか部室中が巨大ロボの様々な足で埋め尽くされていた。どれ選んでもその先に物語が見える。浅草と水崎は、骨董品を鑑定するみたいにウロウロしながらロボの足の品評会を始めた。

「どれがいい？」

「んー。これだけ巨大だと足だけで狭いですな」

「浅草さん、こわくないのどれなの？」

「んー。ここはいっそ既存のロボの概念を越えた新しい形状を――」

夢中で話していたからドアが開いて人が入ってきたのに気づかなかった。

「ちょっといいか」

やっと気づいて水崎氏と同時に振り返った。ドアに寄りかかるようにして大・生徒會の書記、さかき・ソワンデが立っている。

「うごっ」

喉に餅が詰まったみたいな声が出てしまった。水崎氏も警戒感丸出しの声で言う。

「生徒会⁉ なんで⁉」

ソワンデが一歩前に出た。相変わらず冷たい目だ。

「生徒会から通達がある。部活動統廃合令が出てるのは知ってるな」

条件反射的に口から出てきた。「ト、トーヘンボク？」

ソワンデが眉一つ動かさずに言う。「統廃合だ」

めんどくさい女子小学生みたいに水崎氏が言った。「難しい言葉でわたしたちを騙そうったって、そうはいかないんだから！」

「そ、そうだそうだ！　金森氏がいないときを狙いすまして襲撃とは卑怯なり！」

ソワンデが浅草たちから目をそらした。露骨にため息している。「お前らと会話するのは疲れる。金森がいないなら伝えてくれ」

ゴクリと唾を飲んだ。緊張する。

ソワンデが言った。

「部活動の統廃合先は生徒会で候補を出した。映像研はアニメ研究会と統合する。すでにアニメ研究会側はこの統合に合意している」

ニコリともせずに続けた。「同じ、アニメ制作をする者同士、悪くないだろ」

水崎氏が唇を噛んでうつむいた。水崎氏は、水崎氏を俳優にさせたがっている両親の厳命でアニメに関わることを禁じられている。映像研にいることが許されているのは、映像研の活動内容は「実写」だと親に嘘をついているからだ。つまり、水崎氏はアニメ研究会に所属できない。この条件を飲むことは、水崎氏との別れを意味する。

気がついたら浅草は叫んでいた。

「ダメじゃ！」

ソワンデが眉をピクリと動かした。

浅草は肩をいからして言う。「ダメなんじゃ！　水崎氏は、それじゃいかんのだ！」

言ったら涙が湧いてきた。それを堪えながらもう一度言う。

「それだけは、ぜったいにダメじゃ」

水崎氏が浅草を見ている。「浅草さん……」

ソワンデが冷たく言い放った。

「部活動の統廃合は決定事項だ。生徒会の勧告を無視した場合、可及的速やかに廃部措置が取られることになる」

「廃部……？」

ソワンデが去って行った。彼女がやってくる前と後で空気の温度がヒートショックを起こしそうなくらいちがう。

水崎氏を見た。

「どうすべぇ……」

「どうしよう⁉」

「とりあえず金森氏に……」

「とりあえず金森さんだね！」

＊

「ああ。部活動統廃合令ですね」

あっさりと言われた。浅草と水崎はきょとんとする。

金森氏を探してうろうろしているうちに、水崎氏が「ところで、浅草さんが巨大ロボ見たのってどこなの？」と言い出して、ロボの出現場所に向かったらそこに金森氏がいた。知らない生徒数人と何か話している。それも、件(くだん)の巨大ロボットが金森氏の背後に堂々と立っている。

驚きが消えないうちに断言口調で言われた。巨大ロボに金森氏から伸びた影がかかっている。

「なので、我々映像研究同好会は、ここにいるロボット研と手を組みます」

「え⁉」

「どゆこと？」

巨大ロボを背後に金森氏が浅草を見下ろしてくる。

「統廃合の動きは察知していました。そこで、映像研が手を組むことで最もメリットのある部活動を探していたんです。で、ロボ研にたどり着きました」

「……？」

ロボ研は四名。三人の男子と一人の女子で成っている。小林と名乗った大人しそうな男子が部長。その隣でなぜか歯をくいしばっているメガネ男子が小野、もう一人の特徴の無い方のメガネが小豆畑というそうだ。女子は小鳥遊さん。浅草と水崎も顎を引きながら挨拶する。

「水崎です」

はじめての人と対面すると浅草の脳は乾燥したへちまみたいになる。

「あちゃくちょす」

部長の小林ではなく、なぜかメガネの小野が解説をはじめた。腕を上げて巨大ロボを示す。

「このロボットはタロース！　ロボ研に代々受け継がれてきた巨大ロボット模型だ。改良は続けているが、素体は百年ものだ」

金森氏が呆れたような目でタロースとロボ研小野を見ている。

「このロボ研は、創部百年以上の歴史のある部ですが、今回の統廃合の標的にされ、テディベア研究会との統合を勧告されたんです」

水崎氏が引き笑いしている。

「なぜにテディベア……？」

「大・生徒會の言い分としては、『動かないロボは人形といっしょだから』と」

金森氏がそう言った途端に、ロボ研小野が叫んだ。「ちがーう！　あいつら何にもわかっちゃいないんだよ！」

猛烈にしゃべりだした。「ロボはロマンだろ⁉　動くとか動かないとかじゃなくて、このフォルムと武器があるからロボなんだ！　テディベアって何だよクマじゃねえか！　あれ戦うか？　人類を迫りくる脅威から守るのか？　それに何よりぃ！」

天井に向かって叫んだ。

「テディベアには人が乗れねえだろうがあああ！」

金森氏が短く息を吐き出した。

「まあ、彼らの意向はこれでわかったかと思います。そこで大・生徒會に、この『交流部活動報告書』を提出します」

金森氏が浅草と水崎に一枚の書類を見せた。

浅草と水崎は報告書を覗いてから金森氏を見上げた。ちゃんと顧問の藤本先生のハンコもある。

「しかし金森氏……。この報告書、よく顧問のハンコ入手できましたな」

「『何これ』と聞かれたので、『ハンコを押す紙です』と答えたまでです」

「それだけ……？」

「なにか？」

金森氏の目がこわい。

「ロボ研と映像研の二つの部が活発かつ有意義に活動しているのを生徒会に示すのです。我々は、ロボット研究会の誇るロボット、このタロースを題材にアニメを作ります」

金森氏がバッと腕を振った。背後に佇む(たたず)は巨大ロボ！　浅草の目がキラキラ輝き出す。

「ロボアニメ……！」

ロボ研小野が続ける。まだハアハアしている。

「そうだ！　確かな成果を残せば統廃合の必要はなくなるわけだ。だから、文化祭でタロースを展示！　そして、タロースが活躍するアニメを出す！」

金森氏が言った。「あ、文化祭は捨てます」

「は⁉」

切り捨てられたロボ研小野が石化している。水崎氏が声を高めた。

「でもでも、文化祭ならいろんな人に見てもらえるよ!」

金森氏は微動だにしなかった。

「あんなものは所詮ごっこ遊びです。それに、各部がここぞとばかり成果を上げようとする競争率の高い場所で勝負しても埋もれるだけ」

ロボ研小野がようやく石化から解放されたようだ。大声で言った。

「じゃあどうする気だ⁉　どこでタロースを発表するんだよ⁉」

金森氏がペラ紙を取り出した。長い腕を伸ばしてそれを浅草たちの目の前に示す。

日本最大同人即売会って書いてある。金森氏がペラをパンと叩(たた)いた。

「COMET-Aでお披露目(ひろめ)します」

目が丸くなって声が出た。

「おおおお!」

「ここで、我々の制作したアニメの円盤を主力商品として販売します。ロボとカリスマモデルという客寄せパンダがいるんで宣伝には事欠きません。甲子園よりメジャーですよ」

「言い方」って思ったけどそれより「面白そう」が圧倒的だ。

みんなで声を上げた。ロボ研もいっしょだ。

「おおおおっ！」

## 3

『オリエン』

ロボ研小林部長がタロースを前に、ロボの開発者みたいに解説する。

「えー。我がロボ研は、一九二〇年代、日本でアジア初のロボット『學天則（がくてんそく）』が発明された頃から巨大ロボを制作するようになりました。一九五二年に作られた『藪（やぶ）の暴君型』を基礎に、現在に至るまで改良が続けられているのがこのタロースなのです」

浅草たち映像研は顔を寄せ合ってロボ研から渡された資料をペラペラ捲る。いま解説されたロボ研制作の巨大ロボの記録だ。なんというか、一世紀の歴史を経てもシルエットがみんな一緒。このペラをパラパラ漫画みたいに捲ったら、きっとロボの顔だけクルクル変わっていくだろう。

金森氏が遠慮なく言った。「顔しか変化してないですね」

ロボ研小野にダメージが通った。「ぐ」

水崎氏がタロースを見上げながらサクリと言う。「このロボ動くの？」

浅草は言う。もうロボしか見えないから配慮とかそういうのはどっか行った。

「動きゃせんよ。動力がないもの」

またロボ研小野がダメージを受けた。「ぐぐ」

金森氏が解説を読み上げる。「全高三・五メートル。重量四・七トン。移動速度は時速七〇キロですか……」

水崎氏が声を弾ませた。「動くの⁉」

金森氏の声が冷たい。「という設定です。で、このロボが怪獣をぶち殺すお話だそうです」

顎に手を当てて浅草は言う。

「ふうむ。こいつに合わせるとなると、ずいぶんちっこい怪獣じゃな」

ロボ研小林部長がボソボソ言っている。

「三メートルは巨体ですよ……」

「でも、ロボよりキリンの方が大きいですぜ。三メートルの怪獣なら重機関銃で十分じゃ」

「ぐ。でもその……、あれだ！　町中で発砲は危険だからロボで組み伏せるんだよ！」

水崎氏があっさり言う。

「トラックで突撃すればワンパンじゃない？」

浅草もそう思う。「それだ！　そんで火炎放射器でボボオ」

水崎氏が続けた。「ショベルでポイ」

ロボ研メンバーの口が床に落ちた輪ゴムみたいに半開きで歪んでいる。「いや、そういうんじゃなく、タロースが怪獣をやっつける話で……」

「でもこれ設定だと怪獣は熱攻撃してくるんだね。火を噴くキリン？」

「やはり機関銃が必要じゃな」

「戦車で撃った方が早いよね」

「いやあのちょっと……」

「このロボ、ハッチが胸部にあるじゃろ？　これだと敵に弱点を晒すことになる」

水崎氏が笑っている。

「それ言っちゃうなら二足歩行の時点でさ、『撃ってください』って感じじゃない？」

「うむ。前面投影面積の問題じゃな」

「おいって」

「匍匐前進すれば解決？」

「ケケ。なら足いらねーですな」

「おおい！」

ロボ研のメンバーたちが市場に運ばれていく牛みたいな目になっている。金森氏が場を取り成した。

「失礼。ということで、ロボ研の皆様方、後日もろもろご提案しますのでそのつもりで」

水崎氏がうきうきした感じで誘ってきた。

「ねえねえ。これの舞台によさそうなところがあるんだけど、これから行ってみない？」

浅草は即答する。「取材！　望むところじゃ！」

部室を出たところでドアの向こうから聞こえてきた。

「映像研……、めんどくせえええ……！」

# 『取材&企画』

＊

金森は浅草氏をじっと見る。小さい体をさらに縮めている。ついさっきまで息継ぎすら忘れて巨大ロボの設定を語りまくっていたというのに、こうして明かりの無い貯水トンネルの入り口を目の前にしたら、お正月、遠い親戚(しんせき)の家に連れてこられた幼稚園児みたいになっている。

芝浜高校地下貯水トンネル。下水道部の話によると、大雨が降ったりした時は、この貯水トンネルが水で満たされて学校施設の水没等を防ぐらしい。とにかくでかい。そして暗い。

謎(なぞ)の水音が緩んだ蛇口みたいなタイミングで続いている。

「どう？　めっちゃ深いでしょ！」

水崎氏は嬉しそうだ。そのまま浅草氏の顔を覗き込んだ。

「浅草さん、こわいの？」

浅草氏が水崎氏を一瞬だけ見て、また視線を爪先に落とす。

「……うん。こわいのは嫌なんだよ……」

水崎氏が先に地下に続く階段を降りはじめた。金森も続く。入り口でコロボックルみたいになっている浅草氏を振り返った。

「どうせ中に入るんだから早くしてください」

水崎氏と金森が進み出したら浅草氏もビクビクしながらついてきた。行動パターンが五歳児といっしょだ。なにやらゴソゴソリュックから出していると思ったら、懐中電灯とヘッドライトと小さなうさぎのぬいぐるみを腕と頭と胸に完全装備して金森の背中にべったりくっついてきた。

一歩進むたびに浅草氏の足元が緑色に光る。金森は気づいているけどそれに触れない。

水崎氏が浅草氏のシューズを指差して笑い出した。

「あ！　歩くと光る子供用の靴だ！　ねえねえ浅草さん、リュックん中、ほかに何が入ってんの？」

「怪獣を探すんだろ！　まじめにやれ！　教えない！」

金森はため息といっしょに言う。「二人ともちゃんとロケハンしてくださいよ。日本最大級の同人即売会、COMET-Aでアニメを披露するんですからね」

「いきなり大舞台だね！」

「ちゃぶ台で十分だよ……。ワシゃ本来は日陰で小さく生きたいんだよ……」

「何をトンチキなこと言ってるんですか浅草氏。世間に作品を認めてもらうためには明るい場所に行くべきなんですよ」

浅草氏があたりを見回している。懐中電灯以外の明かりのない暗いトンネルだ。

「比喩がいまの行動と真逆じゃよ……」

数百メートルくらい進んだら開けた場所に出た。床も壁もコンクリートのだだっ広い謎の部屋だ。水崎氏が真っ先に駆け出した。

「おー！　いいじゃんいいじゃん！」

金森もゆっくり歩いて部屋の中心に立つ。天井がものすごく高い。

「すごいですね」

浅草氏だけまだ怯えている。「滑るぞ。滑って頭打ったら死ぬ」

「警戒しすぎですよ」

部屋の奥にある大きな穴を水崎氏が覗き込んでいる。下水道部に前もって聞いていた、水を貯蔵するための立坑だろう。

水崎氏が手招きしている。「浅草さーん。ちょっと来て」

「な……、なんじゃらほい」

金森も近づく。浅草氏がやってきて、水崎氏の制服の裾を掴んで立坑を覗いた。穴の底に水が溜まっているのが見える。

「ここから怪獣をドーン！　って出したい」

「水中からけ？」

浅草氏が水面をじっと見ている。水崎氏が続けた。「やっぱ、水だしカメかな？」

「カメ……」

「カメだよ！　わたしにとっての怪獣はカメなの！」

金森は冷静に言う。「カメは熱攻撃をしないのでは」

「熱攻撃……。テッポウエビ……」

浅草氏が水面に世界を広げていく。つぶやいた。「粉塵の中から現れたるは……」

水面に大きな泡がボコンと浮かび上がってそれが四方に爆散した。水しぶきの中、天井に届きそうなサイズで飛び出してきたのは真っ赤なボディの丸っこいカメ！

水崎氏が叫んだ。

「カメ！　いや、カニ⁉」

足は六本。二本の前足はカニみたいな大きなハサミになっている。胴体は甲羅になっていて頭も収容可能！　体重は六二〇〇キログラム、全高は二七九〇ミリ！　テッポウエビの腕を持つカニとカメに似た怪獣だ！

「巨大テッポウガニ！」

浅草氏が叫んだ。「カメの〝カ〟と、カニの〝ニ〟を合わせて〝カニ〟じゃ！　舞台は芝浜高校地下！　ロボット古代文明が栄えたこの土地に、豪雨の最中迷い込んだテッポウガニ！　そいつが立坑の水に乗って現れた！」

テッポウガニが振り撒く水しぶきに濡れながら水崎氏が声を弾ませた。「いいじゃん！　あの腕で攻撃するの⁉」

「そうじゃ！　カニ腕は外骨格！　中には筋肉が詰まっておる！　開いたツメをロックし、力をためてからロックを外すことで勢いよくツメが閉じて、アフリカゾウも一撃で倒すものすごい衝撃波が生まれるのだ！」

金森も水に濡れながらニヤリとする。「なるほど」

浅草氏が目を輝かせている。「対するは我らが……」

「タロース」って言うのかと思ったら巨大な鉄砲みたいなものを描き出した。「火炎放射器！」

金森は呆れながら言う。「またロボ研に怒られますよ」

「やっぱりロボなしでも火炎放射器で焼きガニにしちまえば良いんではないか」

水崎氏が笑いながら言っている。「浅草さんはたまに、リアリズムの矛先がフィクションに残酷」

金森は言う。「これはビジネスなんですよ。ロボ出してくださいロボ」

「しゃーあんめえ。出でよ！　タロース！」

貯水タンクを支える巨大な柱の陰からロボ研のタロースが現れた。ゴツイ外観だけど現在の仕様はプレーン。武器とか持ってないし、突っ込んで殴るくらいしかできない。

水崎氏がタロースを見上げている。

「なんかでっかくなってない？」

「気のせいじゃ！」

「丸腰なんだけど、武器は!?」

浅草氏がまた言う。

「火炎放射器！」

「やかましい！」

水崎氏が目を輝かせた。「じゃあさ、チェーンソーで戦うとかどうかな？」

「刃描く（やいば）の大変じゃぞ」

「高速で回せば見えないから平気だよ！」

「よっしゃ！　ハンドルとリコイルスターターをタロースの右手に装着！　こいつを左手でぐいっと引っ張ってチェーンソー起動じゃ！」

バルンバルン鳴ってからチェーンソーが高速で回り始めた。刃先が床に触れて「ギィイイイ」と地面を揺らしている。

水崎氏が腕を振りあげた。「地面にチェーンソーを突きたてて、その回転力で高速移動！」

「おおお！　かっこいい！」

タロースがチェーンソーの右腕を地面に向けた。床に刃が突き刺さり、刃の回転が推進力になってタロースが氷上を滑るスケーターのように高速で移動を始める。刃の角度で高速転回も可能！　巨大テッポウガニに突撃していく。浅草氏が叫んだ。

「カニも臨戦態勢じゃ！　ツメを開く！」

タロースがチェーンソーを床から離し、その反発力で大きく飛び上がった。今度はそのチェーンソーを上段に構えてテッポウガニの頭に振り下ろす。テッポウガニがため込んだ力を解放して衝撃波を放つ。

ジャギギギ！

パウッ！

二つの強大な力が真正面からぶつかりあった。その衝撃は風となって見ている浅草や水崎や金森を吹っ飛ばす。「ぶうおおお！」

吹っ飛ばされながら水崎氏が狂喜している。「迫力ある！　めっちゃ強い！」

三人で顔を見合わせた。これなら金森にもわかる。

「いけるよこれ！　いけちゃうよ！」

## 4

## 『プレゼン』

金森は言う。

「さて、設定も考えたし、そろそろロボ研と会議をしなければ。制作が決定事項なので今回のプレゼンは楽です。意見が真逆というわけでもないですし、トントンと進むんじゃないですかね」

それでもやっぱり、万全を期すのが金森の流儀だ。

「ただ……、万一のことを考えると、やはり優位に越したこたぁない。『弱みアンテナ』立てておきましょう」

「映像研は危険だ！　危険なんだ！　『前面投影面積』がどうのこうの言ってたのをおれはこの耳で聞いた！」

ロボ研の部室前の廊下で映像研三人は小野の叫びを聞く。打ち合わせのためにやってきたのだけど、どうやら先に金森の「弱みアンテナ」の活躍の場がやってきたようだ。金森は浅草氏と水崎氏に、目で「このまま」と伝え、スマホを取り出して壁の向こうの熱弁を録音する。

「あいつらはロボットをフィクションとして楽しめない人間だ！　いいか？　ロボが危ないからって匍匐前進したり、そのロボが戦車に負けるようなアニメを作りかねない奴らだ！　巨大ロボットは虚構だからこそ素晴らしいのだ！　ロボはロマン！　ロマンなんだ！」

同意する声も聞こえる。「なるほど……」

「いいか！　ロボが這ってミサイル避けてみろ！　ロボが戦車に負けてみろ！　ロボ研はその瞬間に終わりだ！」

「確かに……」

「そこでだ！　こんなものを作ってきた！」

「これは……」

「映像研をコントロール下に置くためのシナリオだ！　我々は今一度考えねばならない！　映像研ごときにはわからぬロボット愛を！　自分たちの優れた愛！　思想を！　さあ、ともに叫ぼう！　打倒、映像――」

金森はドアを開けた。同時に言う。「ちわー。映像研です」

ホワイトボードを前に熱弁を振るっていたロボ研小野が鼻水の垂れた顔でこっちを見た。ロボ研全員が同時に「あ」とつぶやく。ホワイトボードには迸る（ほとばし）ような筆致で「打倒映像研！」とある。

金森は心から笑う。

スマホを構えてロボ研小野ごとホワイトボードを写真に収めた。ついでに固まったままのロボ研メンバーも写真に収める。シャッターを切りながら溢れ出る笑いを噛み殺した。

「いやー。クライアントが隠し事とはまったく……。映像研も信用されてませんねぇ」

ついでにもう一枚、机の上の「映像研傀儡化作戦」とか書かれた膨大な書類の束を写真に収めた。「いやァ……。罪深いなぁ。時代が時代なら死刑ですね」

ロボ研メンバーが部屋の隅に追いやられた。金森はハンターの目でロボ研メンバーを見下ろす。

「この立派な資料は今後も有効に活用させてもらいます」

浅草氏が感心している。「金森氏は人と話すのがうまいなぁ……」

水崎氏がちょっと頬を引きつらせている。「浅草さん。これは会話じゃないよ」

前回は出てこなかったのに今回はお茶が出てきた。

「粗茶ですが……」

「お構いなく」

お茶に口をつけずに金森は間を置かずに話し出した。

「では、我々から改めて設定などをプレゼンさせていただきます。まず怪獣のデザインです」

ロボ研メンバーに資料を配った。四枚配ったのにロボ研たちが顔を寄せて一枚を覗き込んでいる。

「カメ？」

水崎氏が答えた。

「カニです。カメの〝カ〟とカニの〝ニ〟を合わせてカニ」

「熱攻撃をする設定は？」

浅草氏がボソボソ答えている。

「ツ、ツメから衝撃波を出しやす。水中でツメを閉じるとキャビテーションが発生してソノルミネッセンスが起き、このプラズマによる温度は五〇〇〇ケルビン、圧力は一〇〇〇気圧……」

ロボ研がざわめいた。「それって結構過激なんじゃ……？」

浅草氏はうつむいたまま答える。

「これは大西洋に生息するテッポウエビの能力です。こいつはそのエビの五〇七・三倍のサイズがある設定なので、威力も五〇七・三倍で」

ロボ研が反応に迷っているようだ。部長小林がおずおずって感じで言う。

「あの……。いいと思うんですが、タロースは大丈夫ですかね。やや設定がリアルに寄りすぎな気もして……」

水崎氏がスケブを開いた。「タロースはこんな感じです」

女子部員の小鳥遊が目を輝かせた。「チェーンソー！」

「このチェーンソーを地面に突きたてて高速移動するんです」

「すごい！」

部長小林の表情が緩んでいる。こちらの提案に安心したって感じだ。

「なるほど……。小野、いいんじゃないか？　適度なフィクションもあって」

さっきから黙っているロボ研小野に話を振った。ロボ研小野が肩をブルブル震わせ始めた。

立ち上がって叫んだ。

「ちっがあああう！」

全員で「へ？」という顔になった。ロボ研小野が叫び続ける。

「リアリズムを無視したロボアニメなど言語道断！　チェーンソーなんて派手な武器はダメだ！　アクションも動きすぎ！　地に足がついたリアルロボットを布教するのがロボ研の使命じゃなかったのか!?」

「いやお前、ロボはロマンだって言ってただろ……」

「あくまでロボアニメはＳＦ。サイエンスフィクションでなくてはならない！〝すごいファンタジー〟ではいかんのだ！　そんな非現実的なロボ、おれは認めん！」

娘を嫁にやる気のないお父さんみたいなことを言い出した。みんなが困惑して固まっている中、水崎氏が現状打破のために提案する。

スケブに描いた。

「じゃあ、リアルロボってこういうやつ？」

床のゴミをきれいに掃除してくれそうなロボと、一人暮らしの寂しさを解消してくれそうなロボだ。ロボ研小野がスケブを大きくはね除けた。

「ちがーう！　もっと大きくて人が乗るんだ！」

浅草氏がスケブに描き込んだ。

「じゃあこれですな」

完全にユンボだ。工事現場で土砂を山盛り運ぶやつだ。

「ちいがう！　人型！　人の形してんの！　で、人が乗るの！　そんで戦うの！　リアルなおっきな巨大ロボなの！」

浅草氏が無言でロボ研小野を見ている。心の中が透けて見える。定番の矛盾をここまで正々堂々と言われると心が痛む……、って顔だ。

やっと口を開いた。「あの……。人型ロボットは、人間サイズを超えると用途が極端に限られると聞いたことがあるんすが」

部長小林が戸惑いながら答えてくる。完全に小野と映像研の板挟みになっている。

「た、確かに、人の道具が使えて相棒を担げるサイズが使いやすいってのはあります。いわゆる汎用性ですね」

ロボ研小野が掻き消す。「ちいがうの！　ロボはでっかくなきゃ格好よくないの！」

女子部員小鳥遊が同意した。「そうですよ！　大きくないロボなんて……！」

「アホかぁ！」

小野がまた叫んだ。「でっかかったら自重をどうやって支えんだ！　歩くだけでパイロットがシェイクされる問題はどう解決するんだ！　ええっ！　おい！」

一秒で矛盾しやがった。感極まってもう普通に泣いている。テーブルに乗り上がった。

「なぜ現実で二足歩行ロボットを運用するシミュレーションがされないのか、なぜいつになっても現実で巨大ロボットが開発されないのか、お前ら考えたことないのかぁ！」

ロボ研たちが黙り込んだ。水崎氏だけが「はい！」と元気よく手を挙げて、そのままはっきり言い切った。

「リアルが人型ロボを求めてないから！」

部室内がスノーボールアースみたいになった。小野が泣いている。他のロボ研メンバーたちは、監督の不祥事のせいで甲子園出場を諦める高校球児みたいな表情をしている。

ずっと黙っていた小豆畑がつぶやいた。

「わかってたんですよ……。町に怪獣が現れたぞー。うわー、戦車じゃ勝てない。よしじゃあ二足歩行ロボだーっていうふうにはならないんですよね。戦車がダメだったら、次に出てくるのはもっと強い戦車です」

すすり泣き始めた。

「そりゃあ現実なら住民避難させて戦車持ってきますよ。アニメの影響で本当にロボット作り始めるような人間はすぐ気づきますよ。あ、これ無理だって」

ロボ研小野が吼えた。

「なあああ！　わかってる！　おれだって……、不可能かもしれないって思ってる！でも乗りたいんだよおれわぁ！　ロボットに！　死ぬほどなあ！　クソ！　『人間が想像できることは人間が必ず実現できる』だあ!?　発言には責任を持て！　百歩譲ってもおれが生きてる間に実現できなきゃ、ウェルズと品川で心中だぁあ！」

言い終えてテーブルの上に膝をつき涙する。泣いているロボ研小野を見て金森は思う。

——死ぬほどめんどくせえ。

「イメージできるんだよ……！　こうやって……、ダッダッダッダ、ズゥーンって歩くんだ！　現実的に考えようと思えば思う程矛盾抱えて……！　夢見ることしか許されない領域が憎い！　憎くてたまらない！　ぐううっぅ……」

もう隠す気もなく涙をだらだら垂らしている。ていうか鼻水も垂れてる。

金森は観察する。そして推論し、結論を出す。

——我々が何を言っても、ロボ研の彼らは完成形を想像する回路が未発達。だから不安に駆られて自分の感情を支離滅裂に訴えるばかり。……一方、我々映像研は状況を打開できるクリエイター。我々が落ち着いた態度で振る舞ってみせれば、彼らは安心し、簡単にコントロールできる……。

「うっ……。うう」

そう思って同意を得るために浅草氏を見たら、膝の上に両手をギュッと握りしめて力いっぱい目を閉じていた。その目の隙間から何かボロボロ落ちてくる。

「ううぅ……。ワシも宇宙の果てを見たい。宇宙が広すぎて毎日お風呂で泣いてる」

あまりにも予想外すぎて一瞬脳がフリーズした。水崎氏を確認してみる。

「わたしは……、寝る前に毎日波動拳出す練習してる」

こっちも泣いてる。お前らも泣くのか。

ロボ研小野がうつむいたまま言った。テーブルの上で膝立ちのままだ。

「おれはトイレでコックピットのイメトレしてる」

ガバッと顔を上げて右手を差し出した。その手を躊躇いなく浅草氏と水崎氏が摑んだ。

三人とも泣いたままなんかいい顔をして、「和解」って感じを醸し出してる。ていうか、「和解」を越えて「同志」に達している。金森は心底こういうのが嫌いだ。

口に出して言った。

「問題が感情で解決する人間が一番嫌いだ」

＊

「ロボットはこれ。さて、どうとでもなるぞ君たち！　さあ、どうする⁉」

水崎氏が言った。「三メートルとかじゃなくてさ、もっとデカくていいよね」

ロボ研小野が叫ぶように言った。「いい！　人が乗るんだぞ！」

「でては、こんな感じに……」

浅草氏の世界が広がり出した。タロースが倉庫いっぱいに大きくなり、各種ギミックに質感が伴いはじめる。浅草氏のスケブが世界を広げていく。「コックピット！　前がダメなら後ろに回す！」

タロースが回転式の駐車場みたいにグルンと背中を向けた。コックピットが背中に出来上がっている。

「おおっ！」

「だけど、背中がコックピットだと、パイロットとロボのツーショットの時、ロボが背中向きになっちゃう。二体のロボットでパイロット同士が話す描写も背中合わせになっちゃうけど……」

水崎氏の解説にロボ研小野が言い切った。

「いい！　ロボットはなぁ！　背中が格好よくなきゃダメなんだよ！　いいじゃないか！」

浅草氏が顔中口にして笑った。「採用じゃ！　ロマンハッチと呼ぶべき過剰なハッチはやめよう！　地味なやつが格好いい！」

ロボ研メンバーと浅草氏、水崎氏がうおーうおー言っている。金森だけ取り残されてる。

「どうもこいつら、特殊な教養がないと楽しめないものを作りたがるな……」

水崎氏が声を弾ませて言う。「カメラは⁉　モノアイで大丈夫？　増やす？　世にあるロボットのセンサーとか組み合わせると、こう！」

タロースの顔が多種多様なカメラの集合体になった。でもそこはかとなくデザインされていて微妙に様式美が見える。浅草氏と水崎氏が同時に叫んだ。「かっこいい！」

ロボ研は反対だ。「ダセェ！」

金森はちがう意味で反対する。こんなゴチャゴチャした顔、描写にどれだけ時間かかると思ってんだ。「変えろ変えろ！　今すぐ変えろ！」

浅草氏が舌なめずりしながらタロースの顔を描き出した。「はいな！　お客さん、いいの入ってますぜ！」

タロースの顔が丸っこいフォルムのアトム的なものになった。ロボ研が歓声を上げる。

「おおお！　年代を感じるところがむしろイイ！」

「武器は？　武器は？」

浅草氏が叫んだ。「パイルバンカー！」

水崎氏が秒速で反応した。「パイルバンカー!?　おお、パイルバンカー！」

ロボ研にも通じるらしい。「パイルバンカー！　パイルバンカー！」

どこの言語だ。浅草氏の世界でタロースの左腕が杭打機に変化した。なるほど、この杭打機みたいな武器をパイルバンカーというらしい。見れば武器だってなんとなくわかるが、この特殊な武器の名称が共通言語になってるって、やはりこいつら特殊な教養に傾倒しすぎだ。

「全体の形を顔に合わせたい！」

「はいな！」

「あと武器追加したい！　油圧カッター！」

「はいな！」

「ドリル！」

「はいな！　追加で自由断面掘削機！」

ロボ研小野がつっこみを入れた。「穴掘りロボか！」

「じゃあこれ！　らせん状ドリル！」

「木工用じゃねえか！」

「おお。お客さん、通ですな」

「ロボ研は技術系の部活だぞ！　せめて金工用！」

「じゃあこんな感じで……」

「まてまて！　チェーンソーもあるんだぞ！　腕が足りない！」

ロボ研小野がハットトリックを見たサッカー少年みたいなキラキラした顔になっている。

金森は呆れながら言う。

「そんな山盛りにしてちゃんと作画できるんでしょうね」

水崎氏が胸を張って答えた。「まかせなさい！」

「いっそ足全部取って飛行させたらどうです」

言ったら全員にキレられた。

「動かす魅力が減るでしょうが！」

「完成！　できやした！」

八メートルのボディ。右腕には巨大なチェーンソー。左腕にはパイルバンカー！　両足には膝を覆うように金属布が巻かれている。足の関節を隠して作画の労を減らすためだ。

「すげえ……」

「ガテン系ロボになってしまった」

「でもすげえ格好いい！」

ロボ研小野が沸騰した。「ふうおおおお！」叫ぶ。

「乗り込めぇええ！」

今回操縦席に座るのは水崎氏だ。水崎氏のヘルメットのゴーグルに、アナログな計器の針たちが丸くなって無数に映っている。

「それでは、起動！」

「そんなにスイッチあって操縦できるんすか」

狭いコックピットにギチギチになりながら金森は水崎氏に言う。水崎氏はアナログな計器を見ながら舌なめずりしている。

ロボ研小野が叫んでいる。「おれならできる！　なぜならロボを愛しているから！」

水崎氏が嬉しそうに言う。「結局ロボットアニメ作ってる人が一番信頼してるのは人間でしょ？」

小野の声が聞こえてくる。「ボタンを押させてくれえ！　無線で敵パイロットと会話させてくれえ！」

水崎氏が声を張り上げた。

「行くよ！　サイドを下ろして……。起立します！　お摑まりください！」

浅草氏が叫んだ。「シートベルト！」

「それ重要！　半クラでつないで……」

水崎氏の足がクラッチを踏む。額に汗が光っている。レバーをゆっくりと胸元に引き寄せた。

まるで超高速のエレベーターに乗っているみたいだ。それも最初からフルスロットルの加速で。

「うおおお！」

水崎氏が叫んだ。「起立時のGが強い！」

ロボ研メンバーが口々に思いのたけをぶちまけている。

「ロマンだーっ！」

「リアルだぁ！」

「いや、これこそが……」

四人で叫んだ。

「ロボットだぁああ！」

# 第３章　映像研奮闘す！

# 『制作』

## 1

ヒョウモンリクガメ。爬虫綱カメ目リクガメ科。黄褐色の甲羅はドーム状に盛り上がって、その模様はサバンナに暮らすヒョウのような斑紋。成長したときの甲羅の長さはだいたい七〇センチメートルだから、いま部室前の空き地で水崎氏がついているヒョウモンリクガメは子ども。短い足をクイックイッと動かして、ダンボール箱の崖に向かってなぜか直進している。

落ちそうになったヒョウモンリクガメを水崎氏がヒョイと持ち上げた。空中でカメが足を動かし続けている。たぶんこれ、まだ歩いているつもりだ。持ち上げられたこと自体に気づいてないのだ。

カメの腹を覗き込んで水崎氏が「うーん」とうなっている。

浅草は水崎氏の背後から声をかける。「ヒョウモンリクガメかいな」

水崎氏がスマホでカメの動きを撮影している。

「カメ……。むずかしい」

考えすぎて片言になってる。テッポウガニの動き担当は水崎氏だ。だから今日から水崎氏はベースとなるカメの動きの観察に余念がない。

「カメってさあ……。爬虫類のくせに質感がカバなんだよね」

それはなんかわかる気がする。浅草はいらんことを言う。「ニホンイシガメもなかなか渋いぞ」

水崎氏がリクガメの撮影を続けたままポツリと言った。「そうなんだ。欲しいな」

そしたら芝浜高校の制服を着た知らん人が水崎氏のセリフを聞きつけて近づいてきた。

期待のこもったキラキラした目で浅草と水崎に言ってくる。

「あの、やりましょうか？　ニホンイシガメの真似。私、元形態模写部なんです」

「はあ」

大・生徒會の部活動統廃合令で「真似事部」にまとめられた形態模写部員だ。なんでも彼らは形態模写にその青春のすべてを費やしているらしい。対象は人間でも動物でも無機物でも構わないともっぱらの噂(うわさ)だ。

気持ち悪いので断る。

「間に合ってます」

残念そうに去って行った。浅草は気を取り直して水崎氏に紙の束を渡した。

「コンテじゃ。主役であるロボとカニのキャラクターデザインは完成した。舞台設定と絵コンテも順調。どうじゃな水崎氏は？」

水崎氏がくちびるを尖らせている。「テッポウエビとロボがいないから、せめて資料映像が欲しいなあ」

「そう！　作業環境の改善も急務ですな」

「そ！　部室にパソコン欲しいよね！」

「複合機もぜひ！」

「自転車欲しい！」

水崎氏が立ち上がる。浅草と向き合ってグッと拳を握りしめた。水崎氏の頭に幻のハチマキが見える。

「これは労働者として当然の権利である！」

「うむ。経営側……、もとい、金森氏に直談判じゃ！」

叫んでいたらまた知らん人がやってきた。今度は二人の女子生徒。期待一杯の目で二人に言ってくる。

「あの、代わりましょうか？」

「へ？」

「私たち、元身代わり部なんですけど、代わりに金森さんに直談判しましょうか？」

気持ち悪いので断った。

「間に合ってます」

＊

「カネがねえええええええええ！」

部室のドアを開けると同時に金森氏の絶叫が降ってきた。部室のロフトみたいになっている二階部分に机と電卓とソロバンを揃（そろ）えて金森氏はプロデューサーとして資金繰りをしている。

金森氏が長い髪に指をつっこんでガリガリ頭を掻いている。

「失礼。カネがなさすぎて自我が崩壊するところでした。なんです？」

浅草と水崎は口をつぐんだ。言えるか。

浅草はビビったまま言う。

「な……、なんでもござらん」

「そうそう。大丈夫。欲しいものなんて何もないよ」

金森氏の目がこわい。近づきながら言ってくる。

「いやあよかった。COMET－Aの参加費、会場設営費、紙代、鉛筆代、DVD代。レンタルPC、スキャン代が高い！　諸々合わせると元手だけで破産しそうな勢いに加え、ロボ研との業務提携手続き、学外活動申請エトセトラエトセトラで忙殺され、まさに猫の手も借りたいくらいですが、マタタビ買ってやる余裕もないほどカネが無いので、何か欲しいとでも言われたら首をしめてやろうかと思ってました」

「………………」

浅草は喉を震わす。思わず言っていた。

「か……、金森氏」

「はい」

「なんか手伝う」

水崎氏が高速で肯いている。「うんうん」

金森氏がいつもみたいにばっさり言う。「あんたらにはあんたらのやる事があるでしょう」

浅草は肩をすぼめて小さくなる。水崎氏もシュンとしている。

金森氏がちらりと浅草を見た。

「……。ですが、生徒会に行けば、何かしら稼げる仕事を斡旋(あっせん)してくれるかもしれません」

二人同時に顔を上げた。「！」

金森氏の目の奥に、ダイヤモンドみたいに希少な優しさを感じる。

「これ、貸しにしておいてください」

嬉しい。二人で大声で言った。「任せんしゃい！」

＊

ロボ研と打ち合わせを済ませて廊下を歩いている時、金森のスマホにメッセージが届いた。大・生徒會にカネの無心に行った二人からだ。

浅草：仕事を得た！

水崎：廃品リサイクルで謝礼金を受け取る予定ナリ

浅草：ケツの毛までむしっちゃるきの！

心の中で「おお」と思った。予想外の二人の活躍に思わずニヤリとしてしまう。

——あの二人でも、制作以外で役に立つこともあるんですね。

心なしか足が軽くなった気がする。金森は部室へと急ぐ。

部室のドアを開けたら爆発した。ずっと使っていなかった地下室からドウンという爆発音がして床がビリビリ震える。不発弾でも爆発したのかと思った。金森は「な⁉」と大声を出す。

部室奥の床に設置された扉を開けて地下に急いだ。なんの事故だ。このタイミングで物理的な事故はまずい。ただでさえ部活動統廃合の対象にされつつあるのに、ここで不祥事など起こしたら一発アウトだ。

「なんだあ!」

階段を下りきると同時に叫んだら、地下室が様変わりしていた。がらんどうだったはずの地下室が大小数多(あまた)の棚と巨大な機械に占拠されている。奥にはどこかで見たことのあるボリュームバーのたくさんついた機械が鎮座していて、その前に知らない誰かが座っている。ボサボサの白髪で頭にヘッドホンを括(くく)り付けてる。その誰かが金森を向いた。両隣には知った顔があってその二人が振り向いて嬉しそうに言う。

「金森氏！」

金森はツカツカと近づいて三人の背中に立って言った。

まず知らん人を見下ろす。

「……誰？」

知らん人が答えた。

「音響部の百目鬼（どうめき）っス」

水崎氏が嬉しそうに付け足した。「百の目の鬼って書くんだよ。格好いいよね」

金森は続ける。情報が錯綜（さくそう）して頭がついていかない。

まわりを見た。天井近くまで達する巨大な棚がいくつものパーテーションで区切られて、そこに隙間なくテープが収められている。テープの背には手書きの文字。とりあえず見てみた隣の棚には、「華厳（けごん）の滝七十二候」とか書かれているテープが無数に並んでいる。

「……これは何ですか」

あたりまえみたいに百目鬼氏が答えた。「音源ス」

頭がついていかない。

「それで謝礼のカネは？」

水崎氏がしあわせそうに言う。「お宝はいつだってプライスレス！　目には見えないものなんだよ！」

百目鬼氏が目の前のややこしい機械のスイッチに触れた。さっき聞いたドウンという爆発音がこんどは目の前で響く。ポツリと言った。「音は文字通り、目に見えないスからね」

浅草氏がほくほくしている。「うまい！　座布団百枚！」

キレた。浅草氏を引っぱたく。

「カネをもらってくる算段だったろうが！　どうしてゴミと捨て猫拾ってくることになった！」

浅草氏と百目鬼氏が同時に叫んだ。

「ゴミとはなんだぁ！」

浅草氏が腕を振り払って壁に並んだ無数のテープを示した。

「聞いて驚け見て喚け！　こいつぁなあ！　アニメ作るにゃあ何よりの宝なんでぇ！」

とりあえず椅子を持ってきて座って、浅草、水崎、百目鬼三人の、フロッピーディスクくらいのボキャブラリーで語られるいきさつを整理した。浅草氏曰く、こう。

「つまり我々映像研は、音響部とギョームテーケーすることにしたのだ！」

大・生徒會にカネの無心に行った浅草と水崎両名は、大・生徒會より代理執行の業務を受託。内容は、再三の警告にも拘わらず立ち退きを拒否している「音響部」への強制執行。音響部の備品を廃品リサイクル部に回すことで生徒会より謝金をゲット、という算段だ。

両名は音響部部室へと突撃。

「おらあ出てこんかーい！」

「いるのはわかってんだぞコラぁあ！」

「ナメとったら承知せんぞー！」

「ご近所さーん。ここの人ひどいんですよぉ。出ていかないんですよー！」

「出てこいコラァ！　聞こえてんだろぅい！」

言っているうちに楽しくなってきて音響部のドアをドンガドンガ叩いていたら、中から百目鬼が登場。すかさず生徒会からの代執行の令状を示して部室内に侵入。そこで浅草、水崎両名、音響部の所有する膨大な音源素材を発見せり。

「おうお！　なんじゃあこりゃあ！」

百目鬼曰く。「音源目当てで入部したのに部員はゼロだし……。入部早々『明け渡せ』と言われても……。ここはどうか見逃してもらえないでしょうか……」

「ダメだよ！　ここにちゃーんとガサ状があるんだから！　大人しくお縄について、この備品はリサイクル部に――」

「いや水崎氏……。そいつはダメだ！　こいつはとんでもねえお宝だ！」

「え？」

「ここにゃ、ありとあらゆる音が揃ってる！」

　百目鬼が救いの神を見る目になって声を張り上げた。

「そう！　これは音の標本！　場所時間、録音者が記録された博物学的資料！　これほど貴重なものは世界中どこを探してもここ以外に存在しないんだ！」

　浅草は言った。

「映像研の部室には地下に空きスペースがある……。音響部の所有する音のデータを映像研で自由に利用させてくれるなら、互いに利益があるんじゃ……？」

　話を聞いて金森は浅草氏に尋ねる。

「ちなみに、この音源を売っぱらったらいくらになるんです」

「うん百万……。それも四捨五入したら桁が上がるくらいの」

金森は目の色を変える。

「よっしゃ。全部売っぱらっちまおう」

浅草氏が金森の前に立ちはだかった。「ダメじゃ！」

金森は軽くキレる。

「あ⁉　どの口が言ってるんですか。カネを稼ぎに行って手ぶらで帰るなんざ愚の骨頂だ！」

浅草氏が棚を指差した。

「金森氏、見たまえ。たとえばこの『華厳の滝七十二候』」

「………………」

「七十二候とは、季節を七十二分割した、四季ならぬ七十二季じゃ！　華厳の滝の音だけで七十二通り、天気を含めて×三！　華厳の滝の音だけで二百十六通り！　こんな膨大な記録どこにもない」

百目鬼氏の目がうるんでいる。

金森は言う。理解はできるが現状の映像研はそれどころじゃないのだ。

「映像研にカネがねえのは知ってるでしょうが！」

「聞きたまえ金森氏！」

浅草氏がスケブを開いて浅草氏の世界を広げ始めた。途端に地下室の床一面がリノリウムの緑色に染まった。学校の廊下によくあるヤツだ。

その上を浅草氏が革靴で歩く。

コッツ　コッツ　コッツ

浅草氏が世界を塗り替えた。今度は足元が水気の多い草原に変わる。

その上を浅草氏が下駄で歩く。

コッツ　コッツ　コッツ　コッツ

また世界が切り替わった。今度は雨の日の泥道だ。水たまりを踏み抜いて浅草氏が裸足(はだし)で歩く。

コッツ　コッツ　コッツ　コッツ

「ううおおお！　そのＳＥ(サウンドエフェクト)を止めろおおお！」

百目鬼氏が拒否反応を示して部屋の隅に頭を抱えてうずくまった。

浅草氏が言ってくる。

「これが我が映像研の実態……。金森氏。アニメ作りに音響は欠かせないのだよ」

百目鬼氏も言ってきた。必死の表情だ。

「ここを貸していただければ、音響は全部無償提供するっス！　音響に関する顧問だって引き受けます！」

金森は目的と予算、時間を勘案して算段する。

これなら飲み込める。

うなずいた。

「では……、契約成立ということで」

三人の顔がひまわりみたいに輝いた。地下室がパアッと明るくなる。

「やったあ！」

## 2

「COMET-Aへの出展を取りやめろ？」

芝浜高校の大会議室には大・生徒會の面々と教師一同が集まっていた。ずらりと並んだ面々を前に金森さやかは一人立つ。

「どういうことです。一字一句反論できる箇所が多すぎて、あなた方と会話する気がまったく起きません」

道頓堀会長が窘（たしな）めるように言った。「金森さん。先生に対して失礼ですよ」

「合理的な理由があるならこちらも考えますが」

現代文の教師が笑顔のまま言った。表情筋が笑顔で固定されてるみたいだ。

「部活動とはね、立派な教育の一環なんだよ。ちゃんと学習指導要領に書いてあるんだよ。文科省のね」

数学の教師がやっぱりにこやかに言う。「部活動でお金儲けするのは、教育的じゃないでしょう？」

金森は言う。反論する。

「しかし、文化祭では外部との金銭の授受がありますよね」

公民の教師が嚙んで含めるように言った。

「それは特例だよ。スポーツや文化、科学等に親しんで学習意欲を向上させ、責任感や連帯感を養う。それが学習指導要領に示されている理念なんだ」

「あなたたちの作品は先生も見ました。すごいじゃないですか。高校生にしてはすごいと思いますよ」

「そう。活動はとても立派だけどね。でも……、お金を儲けようとしちゃダメだよ」

「それは教育的ではないから」

金森はアホかと思う。教育は何のためにある。生きるためだ。生きるためには生きるすべを学ぶことが必要だ。生きるすべって何だ。考えりゃわかるだろ。

カネは、責任と責任をつなぐためにあるのだ。意見や思想の異なる多種多様な人間たちを、統一の基準で意思疎通させるためのツールなんだ。それを学ばないで何が学習だ。モラトリアムでリスクゼロの学生時代にこそ学ぶべきなのだ。

世に出てリスクヘッジを誤れば、人は死ぬのだ。

金森は吐き捨てる。

「学習指導要領には、バカしか教師になれないと書いてあるんですか」

道頓堀会長がヒステリックに叫んだ。

「なんてこと言うの！　みんな立派な人ですよ！　先生なんだから！」

書記のさかき・ソワンデが会長を横目に見て言っている。息をついた。

「あんた、教師の素質あるわ」

会長が照れている。「そ、そう？」

大会議室を出たら、生徒会のソワンデが金森を待っていた。ソワンデが静かに言う。

「なぜ外にこだわる？」

「学校で行うことは所詮ごっこ遊びだからです。あらゆる事柄において、シミュレーションの域を出ません」

ソワンデが短い息をついた。「別に学校は社会の縮図じゃねえよ。学校は独自の世界なんだ。前にも言ったろ。外に出すぎると守れなくなるぞ。統廃合だって脅しじゃない」

＊

映像研の部室に関係者を呼び集めた。だから今、映像研の部室にはロボ研の四人もいる。

金森は腰に手をやって言う。

「COMET-A出展は、取りやめです」

「は？」

「ただ今より我々は、文化祭に舵を切ります」

「はあ!?」

映像研の二人とロボ研の四人が放心状態だ。

「ということで、発表まであと十日となりました。それでタイムスケジュールとしては」

「ちょちょちょまてまてまて！　待って！」

金森はゆっくりと振り返る。

「……はい」

浅草氏が雨に濡れた子犬みたいな目をしている。

「どどどーいうこったい金森氏⁉」

水崎氏も食って掛かってくる。「文化祭は捨ててCOMET－Aって言ったの金森さんじゃん！」

「……。公権力の圧力がありました。COMET－Aには出られません。文化祭での発表ができなければ交流部活動報告書の効力が切れ、我々にも部活動統廃合令が適用されます」

ロボ研小野が天を仰いで唇をプルプルさせている。

水崎氏が頭を抱えた。「……映像研がアニメ研究会と」

「じゃあ……、あの忌まわしきテディベア研究会と……」

口の中でつぶやく。「わたし……、ここにいられなくなるじゃん」

浅草氏が叫んだ。

「それはダメじゃ！」

ロボ研小野も頭を抱えている。

「だけど、今から文化祭での場所確保なんて無理だ！　講堂、視聴覚室、体育館！めぼしい場所はすべて他の部活に押さえられてる！」

金森は言う。他に手段がないから声を大きくすることしかできない。

「じゃあタロースで他の部を武力制圧してください！　さあ行け！　ロボ研、出動！」

ロボ研メンバーが悪態をつきながら部室を出て行く。

自分が情けない。

残った映像研の二人に向き直った。浅草氏に言う。

「こちらは現状どこまで進んでますか？」

浅草氏が少しだけむずかしい顔で言った。「絵コンテはできてる……」

「よし」

「半分はここじゃが……」

アーミー柄の自分の帽子を指差した。金森はキレる。

「出せ！　そっから今すぐ！」

水崎氏が非難の声を上げた。「浅草さんのコンテができても、動画が物理的に間に合わないよ！」

金森だって余裕がない。「実際どのくらい大変なんです？」

水崎氏がクスリともせず言う。

「金森さんが突然、上手(うま)い絵をひと月に五百枚描かないと飢えて死ぬ呪(のろ)いをかけられるくらい大変」

「……。それは大変ですね。ですが水崎氏はすでに絵が上手いじゃないですか」

「わたしにとっては、甲冑(かっちゅう)を着て、壁を机代わりに月に五百枚描かないと飢えて死ぬ呪いくらい大変なの！」

タロースの線画を見せられた。青や緑や黄色の線で大きな動きが描かれている。

「動きを考えながらこんなに線の多い絵を時速三枚描くのは呪いなんだよ！　だいたい、高校でアニメ制作は無理なの！」

浅草氏が目を見開いている。「ついに言った……」

水崎氏が肩をいからせて叫んだ。「パソコンもないのにどうしようもない！」

金森だって一緒になって叫びたい。そしたらどんなに気分がすっきりするだろう。

「パソコンがあったらどうなんです。編集以外に使うんですか」

「回転とか……、拡大縮小の手間がかからないから時短になるの。紙だとわたしの経験不足でタイミングもコントロールしづらかったりするけど、デジタルなら描いた絵を直しやすい」

「要するに、ボツ原画の墓場が必要なくなり、紙代もかからないってことですか」

「うん。まあ……、そう」

金森は考える。どうするか。どうすればこの問題を解決できるのか。

浅草氏がめずらしく重い声で言った。

「それより金森氏よ」

「……はい？」

「まずは、『ごめんなさい』なのでは？」

「ぐ」

金森だっていっぱいいっぱいなのだ。言い返すなり謝罪するなりしなきゃいけないのに、足が自然と外に向いていた。大股(おおまた)に歩いて部室を出る。背後で浅草氏と水崎氏が「金森氏」「金森さん？」と呼んでいるのが聞こえた。

こんな場所には、いられなかった。

## 3

夜になっても金森氏は、部室に戻ってこなかった。

浅草と水崎は二人して音曲浴場の大広間にいた。夜間は基本的に学校に入れないから夜になっても作業するならこの場所しかない。簡単なものなら食事だってできるし。

浅草の前にはわかめラーメンがあって伸びている。口に運ぶ気になれなくて、さっきから無言で箸をちゃぽちゃぽと泳がせている。

水崎氏も無言だ。ネギラーメンの赤いスープに音曲浴場の蛍光灯が映っている。

「金森氏、どうしたんじゃろ」

言ったって答えなんて出ないって知っているのに口に出した。水崎氏が「うん」と静かに肯く。

水崎氏が浅草にポツリと尋ねた。

「ねえ……。浅草さんと金森さんはいつから友達なの？」

浅草もやっぱりポツリと答える。「ワシと金森氏は友達ではござらんよ」

水崎氏が短く、「え」とつぶやいた。浅草は唇を曲げて笑う。

「ワシと金森氏は共生関係。我々は友達じゃなく仲間なのだ」

水崎氏が笑った。「仲間か」

浅草と金森が出会ったのは三年前だ。中学一年生のとき、浅草は誰とも話ができなかった。口に出さずにいつも思っていた。「知らない人に話しかけるなんて、世間じゃ不審者だぞ」って。

体育の時間に二人一組が作れなくて体育館の隅っこで浮いていたら、同じように浮いているのに体育館の真ん中で堂々としていたのが金森氏だ。先生に「そこの二人、組みなさい」と言われて浅草は怯えた。金森氏は当時からでっかかったし、視線だって強くてこわかった。また口に出さずに思った。「一人はこわいけど、人もこわいんじゃ」って。

帰り道、「社会生活なんぞクソくらえじゃ」と独りごちながら歩いていたら、背中から声をかけられた。

「そこの友達が欲しい人」

金森氏だった。続けて言われた。「……葉っぱをカネに換えませんか」

あまりにも意味不明だったので人見知りを発揮する暇もなかった。頭の中で言葉がぐるぐる回る。この人は今なんと？　葉っぱをカネに変えるとは何か。それはつまり昔話でいうところの木の葉を小判に変えるタヌキ的な意味？

混乱したまま金森氏を見上げて言った。

「わ、吾輩は……、タヌキではあらぬので」

連れて行かれたのは森の中。二人でしゃがみこんで笹の葉を刈った。何のためにこんなことをするのかわからないまま笹を束ねて金森氏に手渡したら、笹の葉が千円札に変わった。浅草はビビる。

「しぇんえん!?　ひ、人からお金もらっちゃダメってお母さんが……！」

「じゃあ私は電車でこれを売りに行くんで、失礼します」

「電車!?」

その言葉を聞いたら居ても立ってもいられなくなった。「ワ、ワシも行く。電車、乗ったことないのだ」

はじめて駅で切符を買って、はじめてホームで電車を待った。隣にいる金森氏が浅草に尋ねてきた。

「なんで乗ったことないんすか。電車」

浅草はうつむく。

「……友達といっしょのときに乗りたくて」

金森氏が浅草の顔から視線をはずした。

「……私は、友達じゃないでしょう」

「え⁉　でも一緒に体育とか……」

「『児童総お友達説』は教育現場の妖怪信仰ですよ。おたくとは利害が一致しただけです。互いに相手がいなかったんですから」

浅草はつぶやく。「友達は妖怪だったのか……」

金森氏の瞳だけが動いて浅草を見た。

「しかしまあ、学校では当分、持ちつ持たれつの共生関係でしょうなあ」

「共生関係……」

立ち去ろうとした金森氏を引き留めて、浅草は笹の束の入った紙袋を金森氏から奪い取った。金森氏がうっとうしそうに言う。

「なにするんですか」

「こ、これを持ちます」

「あ？」

「ワシは君についていくけど、君は少し楽になるから共生関係だ」

「………」

二人で電車に乗って、外が見える一番前の車両で浅草はスケッチブックに設定を描き込んだ。〝架空単軌条鉄道〟。空中にラックレールを架け渡し、ロープウェーに似た運用が可能な高速鉄道だ。スケッチブックに顔をくっつけて絵を描く浅草を金森氏が上から覗き込んだ。

「なに描いてるんスか」

浅草は顔を上げて金森を見た。隠さなかった。

「……設定」

「設定？」

「ワシは……、最強の世界を作りたいのだ」

人に絵を見せたのは、これがはじめてだった。

「へえ」

水崎氏がいつの間にか微笑んでいた。

「なんか、いいね」

その時、他のお客たちがザワリと空気を変えた。見ると音曲浴場の廊下を長身の女子高生が歩いてくる。壁に手をつきながら、過酷な戦場から生還する兵士みたいな感じでハアハア言いながら歩いてくる。

そのまま浅草と水崎のテーブルの前に立った。

浅草はポッカリ口を開けて彼女を見上げた。

「金森氏……」

水崎氏も同じ顔だ。

「金森さん……」

水崎氏のラーメンを見下ろして金森氏が言った。

「……食べないなら、これ、先食べていいですか」

水崎氏が驚きの顔のまま「うん」と肯く。

金森氏が長い髪を後ろにまとめて一心不乱に麺（めん）を啜（すす）っている。あんまり勢いよく麺をすするからスープが麺に絡まりまくってものすごい勢いで減っていく。掃除機みたいだ。

あっという間に食べ終わった。金森氏が器をゴンとテーブルに置いて同時に言う。

「ごちそうさまでした」

勢いに呑（の）まれて浅草は思わず言う。「お……、お粗末さまでした」

金森氏が部屋の柱に背中をつけた。そのまま足を投げ出す。

「お粗末さまでしたって……。浅草氏が作ったワケじゃないでしょう」

「いや、あんまり恐ろしい食い方だったもんで……」

金森氏の背中が柱をズリズリ擦りながら下がっていく。そのままほぼ横になった。

目を閉じたまま金森氏が言った。

「……そういえば、パソコンと液タブを手配しました」

「え⁉」

横になったまま言う。

「情報技術部に頼みました。三万二千円です」

浅草は言う。信じられない価格設定だ。「ぼ……、暴力的な低価格ではないか！」

「情報技術部曰く、新しくPCを組むために、高スペックPCだろうが処分し続けたいらしいです。液タブは図書館の運営が民間委託になったことで、学校所有だった備品に余りが出てました。ソフト類は学校がライセンス契約してたので実質無料」

「おおお……」

「……それから当日の発表場所は第一講堂を手配してあります」

水崎氏が叫ぶように言った。

「え⁉　一番大きいところじゃん！」

浅草も尋ねる。すでに他の部活の発表で埋まっていて不可能なはずなのに。

「ど……、どうやって？」

「二部活、潰しました」

「潰した……？」

浅草は思う。金森氏はいったいどんな想いをしたのか。映像研という同好会を守るためにこれだけ奮闘してくれる金森氏だ。他の部活動だって同じ想いで活動していることなんて百も承知だろう。それでも動いた。ぜったい痛いはずなのに、それでも歯を食いしばって動いてくれた。

金森氏の声がしだいに小さくなっていく。話す声がしだいに寝息に変わっていく。

「当日の鍵の手配や申請は……、藤本先生にまかせてあります。お二人は何も心配せず……、アニメ作りに集中して……、ください」

「…………」

水崎氏が金森氏の手に触れた。金森氏が片方だけ目を開けて、薄目で水崎氏を見ている。

「どうしました……。用なら早く言ってください……。わたしは少し……、寝ます」

水崎氏が言った。瞳が濡れている。たぶん浅草も同じ目をしている。

「前から言いたかったの……」

金森氏が目を閉じた。ここまで寝息が聞こえてくる。

「あなたは……、すばらしい人よ」

＊

水崎ツバメの家は広い。両親とも有名な俳優だし使用人だっているし、家具だって無駄に高級だし、ツバメの部屋だって、こうして何をしてたって奥の部屋には聞こえないくらいに広い。

ツバメはベッドの上で作画作業を続ける。部室にパソコンが入り、自分もこうしてタブレットで作業できるようになったから、眠りさえしなければいくらだって仕事を進められる。

部屋のドアがノックされた。ツバメは布団の中にサッとタブレットを隠す。

「はい……？」

ママが部屋に入ってきた。バスローブ姿だ。こんなラフな格好をしていてもさすが女優。歩く姿勢がきれいだからどうしても目を奪われる。柔らかく微笑まれると、それだけで反骨心が溶けてしまう。ツバメはそれが少しだけ悔しい。

「ツバメ、まだ起きてたの？」

ママがそう言った。ツバメは微笑み返してゆっくり言う。

「うん。でも、もう寝るとこ」

部屋の入り口にパパまでやってきた。二人揃っているなんてすごく珍しい。パパも笑っていた。

「あのなツバメ……。今度のお前の文化祭なんだけど」

ツバメは少しだけドキリとする。「うん。なに？」

「パパとママ、台湾ロケが入ってね……。行けそうにないんだ」

ママが悲しそうに目を落とした。「ごめんね」

顔に出さずにホッとした。

「ふーん。夫婦共演？　いいじゃん。文化祭はいいよ。どうせ出し物とか出ないしさ」

そう言ったらパパがあっさりと提案してきた。

「そうか。じゃあツバメもいっしょに台湾来るか？」

言葉に詰まる。「え……？」

「役者の勉強がてら、いっしょに来て現場見てもいいんじゃないか？」

パパの提案にママが笑っている。

「そうね。なんなら出ちゃってもいいのよ。親子共演にしちゃえば」

ツバメは愛想笑いする。それどころじゃない。

「いいよ。学校、欠席扱いになっちゃうもん」

パパが笑った。「まじめだな」

ママが、笑顔の余韻を残してツバメに背を向けた。

「残念ね。それじゃ、おやすみなさい」

ツバメは微笑んで両親に「おやすみ」を返した。二人がドアの向こうに消えていく。

それと同時に布団からタブレットを引っ張り出した。

暗い部屋でタブレットの明かりが水崎ツバメの顔を照らし出している。

いくらでも続けられる。集中していた。

今のわたしには、ちゃんとやりたいことがあるんだ。

＊

「あと五日です！　進捗確認！　水崎氏！」

「ラジャ！　ご覧あれ！」

導入されたパソコンをフル活用して水崎氏は動画を描いている。パソコンの画面上に作成中の動画が再生された。タロースとテッポウガニのバトルシーンだ。

水崎氏が自分の口でエフェクトをつけている。

「ガイーン！　突き出すパイルの反動に抗う腕！　ここでふところに入られないように足を引く！　直後、ガキン！　打撃の反作用で腕が弾き返される！」

浅草氏が顔中で笑っている。「かっちょいい！　こりゃあ演技力の為せる業じゃ！」

金森もうなずく。おおむね満足のいく出来だ。「この短期間にかなりの量をこなしましたね」

水崎氏が腕まくりした左の二の腕を右手でパンと叩いた。

「パソコン手に入って家でもタブレットで進められるようになったからね！　作業時間、実質二倍！」

金森は「うむ」と肯く。次はこちらだ。

「では浅草氏」

浅草氏が棒切れ拾ってきた犬みたいな顔をしている。

「パーペキ！　コンテじゃ！　カニの破壊シーン！」

完全に褒めてって顔だ。水崎氏が声を弾ませている。

「え!?　ホントに？　コンテ、できちゃった!?」

「あと一ブロック！　背景もあるんでな！　ではワシは行ってくる！」

スケブを脇に抱えたまま振り返って部室を出て行こうとする。金森は浅草氏の背中に言う。

「探検ですか」

浅草氏は振り返らない。右手だけ振ってみせた。「今度の舞台は芝浜高校であるぞ！描きに行くのだ！」

そのまま部室を出て行った。ドアも開けっ放しだ。金森は水崎氏に目をやる。尋ねた。

「で、どうですか水崎氏。間に合いそうですか」

水崎氏はこっちを見ていなかった。浅草氏から受け取ったコンテを手に何やらブツブツつぶやいている。

「ドドドド……。バッカーン……。ギュウウイイインン……！」

コンテを見ながらタロースの動きを再現している。そのままこちらを見もせずにパソコンの前に座った。モニターとコンテを交互に見ている。

金森は顎に手をやってつぶやく。水崎氏が集中モードに入っている。

「ふむ」

窓をバチバチと雨が打ち始めた。トタン屋根がバタバタ騒ぎ始める。にわか雨。いや、ゲリラ豪雨か。

金森は開いたままのドアから外を見た。ザンザンに降りしきる雨の中、アーミー柄のリュックをしょった浅草氏が立ち尽くしていた。降られるまま雨に濡れている。

浅草氏が空を見た。頭を垂れる。びしょぬれになっている。

さすがに言った。

「浅草氏、戻ってきてください。風邪をひかれても困るんで」

浅草氏がずぶぬれのまま戻ってきた。床に黒い足あとが残る。浅草氏の体から垂れる水滴が血しぶきみたいに道をつくっていく。

金森と水崎氏の前にやってきて、浅草氏が急に顔を上げた。

「金森氏、水崎氏……」

金森は怪訝そうにとりあえず尋ねた。「どうしました」

浅草氏が目を見開いている。

「ロボアニメはやめよう！」

まったく同時に声が出た。「はあああああ!?」

浅草氏が切羽詰まった顔をしている。「聞こえんかったか？　もっかい言うぞ。ロボアニメはやめよう！」

「この一瞬で何があった！　このバカヤロウ！」

金森はずぶぬれの浅草氏の肩をガシリと摑んだ。浅草氏が頭をガクンガクン揺らしている。涙ながらに言った。

「ダメなんじゃあ！　ワシには描けん……！　ロボはやめじゃあ！」

金森はもっと大きな声で言い返す。「それだけはダメだ！　根幹を揺るがすなぁ！」

「ワシは……！　ワシは万人が納得するロボ設定なんぞ描けん……！」

呆れる。呆れるを通り越して悲しくなってきた。「今さら何を……」

浅草氏はもう泣いている。「腕が組めなくて良いのか？　真上を見上げられない構造で良いのか？　パイロットの安全はこれで守られるのか？　こんな設定のロボアニメを作って……、だ、誰かに……、非難されるのではないか⁉」

「ダメだ！　絶対にダメ！」

浅草氏がゴソゴソスケッチブックを開いている。

「あ、安心したまえ。対策はある。これじゃ」

浅草氏の前に、何だか近未来的なデザインの一人用の乗り物が現れた。前面が盾のようになっていて、立って乗るスクーターみたいな形をしている。

金森はその乗り物を見下ろしてつぶやく。

「なんすか。このちっこいの」

浅草氏が変な笑顔を浮かべている。「ロボに代わって怪獣を倒す乗り物。バギーだ！」

バギーを蹴っ飛ばした。「承服しかねる！　侃侃諤諤の会議の上で、矛盾を踏み台にたどり着いた結論でしょうが！　今さらそれを覆すな！」

「でも視聴者の目が厳しいんだ！」

「気にしやしません」

「ロボアニメ業界ってのは、半分が敵で、もう半分は将来の敵なのだ！　手間を惜しめばロボット警察にすぐバレる！」

子犬の目になっている浅草氏に水崎氏が言った。金森には浅草氏が何を言っているのかさっぱりわからないが、水崎氏には多少通じているらしい。

「巨大ロボは〝責任〟だからね。ロボアニメを作るって、逃れられない罪を背負うことだもん。何をやっても非の打ちどころがある」

笑顔のまま言った。

「どっちに転んでも、死ぬさだめでしょ」

浅草氏が小さくなっている。

「……ワシは、そんな十字架は背負えん」

金森は浅草氏の目の前に立った。腰に手をやって断言する。

「あんたは、他人のために絵を描けるほど器用な人間なんすか」

浅草氏がもっと小さくなった。

「じゃあ、どうすりゃいいんでい……」

「人の目なんか気にせず、巨大ロボを描きゃいいんですよ」

浅草氏が卑屈な目になっている。弱っているとき時々浅草氏はこんな目をする。

「はは……。そんな度胸がありゃ苦労せんよ金森くん。君も案外バカだね。わははは」

「張り倒すぞ」

言いながら浅草氏の頭を丸めた書類で引っぱたいた。浅草氏のこういう顔は金森の心まで傷つける。腹が立つのだ。

「あのねえ……！　あんたがダメだと思うからこの作品はダメなんですよ。他人なんか関係ない」

浅草氏が金森を見ている。浅草氏は根本的なことに気づいていないのだ。だから言ってやる。

あんたのもんなんだって言ってやる。

「この作品の監督なんスよ！　あんたは！」

浅草氏の目がクワっと見開かれた。金森は続ける。

「あんたがこのロボットに満足できないなら、さらに好き勝手描く以外の選択肢はないんすよ！」

浅草氏が制服の中に頭を埋めてジャミラみたいになっている。一秒、二秒、時間が経った。金森は浅草氏を指差したままだ。浅草氏が急に叫んだ。

「だあああああああ！」

そのまま駆け出していく。雨がザンザン降っているのに、部室の外に飛び出して行った。

水崎氏が浅草氏の背中に大きく手を伸ばしていた。「浅草さん……！」

浅草氏は、そのまま二度と、帰ってこなかった。

## 4

マジで帰ってこなかった。文化祭まであと二日。こうして歩いているだけで口から呪詛（じゅそ）の言葉がもれてくる。一歩進むごとに「アホか」とつぶやいてしまう。

「アホか」

「アホか」

「アホかあの小心ダヌキは……！」

金森はスマホを取り出して電話する。こうして浅草氏を探し回ることすでに三日。どうなってんだいったい。何考えてんだあいつは。見つからないから手を増やすよりない。クライアントだろうが使うよりない。

ロボ研小林が電話に出た。

「映像研金森です。浅草氏の捜索をお願いします」

電話の向こうでロボ研小林がスマホを震わすほど喚いている。

〈あと二日だぞ⁉　こっちだってタロースの最終仕上げで大変なんだ！〉

「浅草氏がいなければアニメが完成しません。あなた方も困るでしょう？」

〈ぐ。どうすりゃいいんだよ〉

「ですから、くぼみ、すみっこ、石の下、そういう小さな虫が好みそうな場所を重点的に探してください」

キレられた。電話の向こうの声がロボ研小野に代わる。

〈おれたちは映像研のトラブル処理班じゃない！　映像研！　我々は運命共同体だが、心中（しんじゅう）は御免だ！〉

言い終えると同時に通話を切断された。金森は舌を鳴らす。

「マジでどこ行きやがった……！」

焦りばかりで何も見えない。荒々しく部室のドアを開けた。パソコンの前にいる水崎氏に挨拶もなしに言う。

「進捗は？」

水崎氏の声も不機嫌丸出しだ。

「進んでない」

「何やってんスか！」

「浅草さんがコンテ切った分は描き終わったよ！　でも、コンテがないところは描ける選択肢が無限なの！　何していいのかわかんないんだよ！」

「あと二日ですよ⁉」

嫌なタイミングで地下から「ドーン」というSEが聞こえてきた。地下で作業している百目鬼氏だろう。金森は「チッ」と舌を鳴らす。

部室のドアが開いて、バブル期の青年実業家みたいに人差し指に鍵をチャラチャラさせながら、顧問の藤本先生が入ってきた。

「どう？　頑張ってるー？」

反射的に叫んでしまう。「うるせー！」

藤本先生が無意味に笑っている。

「はっはは」

どうにか息を落ちつけた。藤本先生に言う。「失礼……。藤本先生。浅草さんが行方不明です。先生も探してください」

藤本先生が鍵をチャラチャラさせたまま帰って行った。「はいよー」

先生の背中を見送って金森は言う。

「あれ絶対探さないやつだな」

水崎氏もうなずく。「だね」

しかたない。

「水崎氏……。こうなったら二人で完成させましょう」

地下から爆発音が響く。ドオオオン。

「え？　なんて？」

「だから、二人で作品を完成させるんです」

ドオン。ドガガン。

また鳴った。水崎氏が叫ぶ。

「浅草さん抜きで⁉　嫌だ！　絶対に嫌！」

ドオオオン！　ズガーン！

「やれ！」

「やだ！」

「やるしかないんです！」

「無理！」

ドッカーン！

声が揃った。

「うるせー！」

そのまま地下まで二人で走った。もうこのムシャクシャをぶつけられるなら何でもいい。この際百目鬼氏にも犠牲になってもらおう。

地下に駆け下りて、最後の足が階段から離れた瞬間に叫んだ。

「百目鬼氏！　うるせーって言ってんですよ！」

そしたら百目鬼氏といっしょに浅草氏がいた。金森と水崎は一瞬きょとんとする。

次の瞬間に爆発した。

「い、い、い、いたあああ！」

浅草氏が右手を上げて、「おう、いいところに来たの」とか言っている。駆け寄って肩を掴んだ。このチョコマカする虫みたいな生き物を今度は逃がさないためだ。

顔を思いっきり近づけて言う。「まてまてまて！　その前に言いたいことが山ほどある！」

水崎氏も隣に来た。「浅草さん！　どこ行ってたの⁉」

浅草氏がきょとんとしている。

答えた。

「ここ」

金森は叫ぶ。「この三日間だぞ⁉」

「ここ。な？」

浅草氏が百目鬼氏を向いた。百目鬼氏が、「うす」と答える。

浅草氏を掴んだまま百目鬼氏に叫んだ。

「言え！　お前も！　この三日で何回も会ってるだろうが！」

百目鬼氏もきょとんとしている。腹立つ。水崎氏が腹立ちと安堵が混じり合ったような複雑な表情をしている。

「浅草さん、ロボアニメの十字架を背負えなくて逃げたんじゃないの？」

浅草氏がポカンとしている。

「何を言っとる。ワシは金森氏の言葉で目が覚めたのじゃ。やるしかないんじゃと」

また叫ぶ。

「だったらそう言え！　そうだとわかる態度で示せ！」

残像ができる速度で浅草氏を揺さぶる。浅草氏が「ま、ま」と金森の腕を解いた。

二、三度咳き込んでから、金森と水崎氏の前に立つ。

「よいか諸君！　刮目して聞け！　耳かっぽじってとくと見よ！　行くぞ百目鬼氏！」

「はいっす」

　百目鬼氏が音響機器のスイッチを押した。途端にゴゴゴゴと地鳴りのような音が響き始めた。地下室がまるごと震えているみたいだ。

　ピーピー、アラート音が鳴り出した。

　浅草氏がアテレコを入れる。

「地下で振動を確認！　電話が鳴って、怪獣出現の通報！」

　音が加わった。電話の鳴る音。受話器が上がる音。人が大勢駆け出す音。機械類が一斉に起動する音。

「配置につく作業員！　タロースリフトが降りてくる！」

　ガシン、ガシンと大きなものが動く音が連続して響いている。ゴウンゴウンいっているのはリフトの動作音だ。

「レール！　警告音！　そしてリフト到着！」

　ギギギギギ。ウーワンウーワン。ガシャ、ガヒーン。

「ゲート開く！　コックピット操作音！　そして、タロース起動！」

　キキキキキ、キリキリ。ピピピピピピッ！　ギュワンギュワンギュワンギュギュギュイインン……！

浅草氏が部屋の奥を指差した。

「タロース発進！」

バッシュウウウ！　ドウウウウウウウッ！

見えた。カタパルトが起動して、タロースの巨体が射出穴の空気を押し出し、切り裂く音だ。

思わず目を閉じた。頭の中に地下貯水池が浮かんでくる。

浅草氏の声。

「地下空間に響くタロースの足音！」

ズウウゥン。ズッズウウン。

「カニの足音！　呼吸音！」

ダズン。フウッシュウ、フウウッシュウ……。

「カニのツメ、開く！」

ガチュン。ミチミチミチ。

「タロース！　チェーンソー起動！」

ハンドルを引く音。チェーンソーの回る音。

ビイイイ。ドッドッドッ、ドルンバルバルバル。

「カニ、叫ぶ！」

グウウエェオオオオオオッ！

「タロース高速移動！」

チェーンソーで床を削る音。それが百目鬼氏の操作で目の前に近づいてくる。

水崎氏が叫んでいた。「行っけえええ！」

浅草氏も叫んだ。「カニの衝撃波と、タロースのチェーンソー、激突！」

金属が高速でぶつかる音。弾け飛ぶ火花と湧き起こる衝撃まで見える。頬に風を感じる。熱も感じる。タロースのチェーンソーがテッポウガニの丸い頭に迫っている。

そこでテッポウガニがもう一撃、必殺の衝撃波を――！

ズッパアアアアアン……！

「どうよ！」

浅草氏が腰に手をあてて目の前に立っていた。余韻がすさまじい。金森もやっと帰ってきたって感じだ。水崎氏はまだ浅草氏の世界にいるみたい。こぼれるようにつぶやいた。

「すごい……」

百目鬼氏が言っている。「やっと音たちが日の目を見たっスよ。音だから見えないんスけど」

浅草氏が笑っている。「うまい」

水崎氏の目がうるんでいた。

「見えたよ。わたし、見えた」

浅草氏が嬉しそうだ。「見えたか！　水崎氏よ！」

「見えたよ！　見えちゃったらもう描くしかないよ！　やるしかないよ！　やり直しじゃああ！」

金森にもちゃんと見えた。ゴールが見えた。目指すものが見えた。

見えたならもうこわくない。

ワアワア言っている浅草氏と水崎氏の頭を書類の束で引っぱたいた。ついでに百目鬼氏の頭も叩いておく。

三人が涙目で金森を見ている。

「まったくもう。本当にクリエイターという生き物は面倒くさい。やるなら、徹夜は確実ですよ」

浅草氏と水崎氏の目が輝き出した。内側から湧き出す喜びでキラキラしている。

「うん！」

「うす！」

百目鬼氏が三人を見てニコニコしている。ヘッドホンを肩にかけて、大きく伸びをした。

「音たちの晴れ舞台っスからね。付き合いますよ」

その時、ガーピーという不協和音の後に校内放送が鳴り響いた。百目鬼氏が不協和音に眉をしかめる。

大・生徒會からの放送だった。生徒会長の道頓堀だ。

〈生徒会からのお知らせです。生徒会からのお知らせです。いよいよ文化祭の日が迫ってきました〉

映像研の四人はゴクリと唾を飲む。この〝彼岸〟まで範囲を広げた校内放送。ただ事とは思えなかった。

会長が続ける。

〈毎年、この時期になると、『最後の追い込みだー』と言って、『徹夜でやるぞー』などと、それまで計画的に進めてこなかったことを棚に上げて、夜間の学校への不法侵入、不法滞在を断行する生徒が続出します〉

金森は「チッ」と舌を鳴らす。完全に読まれている。しかも、ようやく映像研が一つになったこのタイミングで。

大・生徒會の傘下にある、芝浜高校校安警察部、警備部の面々が頭に浮かんだ。人数は把握しきれないほど。機動力は本物の警察や警備隊さながら。大・生徒會の指先一つでどうにでも動く連中だ。奴らがついに、部活動の取り締まりに動き出すのだ。

〈生徒会では、文化祭までの間、監視特別対策本部を設け、万全の体制で監視・取り締まりに当たります。万が一、夜間の活動が発覚した場合、文化祭の参加資格を剝奪。厳しい処分を下します。ゆめゆめ、忍び込もうなどとは思わなきよう〉

声が笑っていた。

〈よろしくお願いいたします〉

# 第4章　映像研には手を出すな

# 1

## 『芝浜高校　文化祭監視特別対策本部』

ちょっとした国家機関みたいになっている。芝浜高校は巨大な組織だ。生徒数がとんでもなく多いから予算だって潤沢にある。そして明日に控えた文化祭は、芝浜高校における一大イベント。この文化祭を開催まで円滑に運ぶために、大・生徒會は、治安を乱す不埒な異分子を取り締まらなければならない。

大・生徒會には、教職員とほぼ同等の自治権が与えられている。その権限は幅広い。傘下の部活動は自由に動かせるし、統廃合の執行権も持っている。逆らえるものなど一人もいない。

生徒会長の道頓堀は、対策本部の真ん中に仁王立ちしていた。隣には書記のさかき・ソワンデがいて、腕を組んだまま対策本部の設営作業を監視している。

道頓堀はぐっと拳を握りしめた。

反抗分子。不真面目な存在は、教師に代わって我々が取り締まらねばならない。そう。たとえば映像研究同好会のような不埒な存在から、学校組織の自治を守るのだ。

眼前には、自分を中心に半円形を描くようにモニターがずらりと並んでいる。モニターを前に学内の各所のチェックを進めているのは、芝浜高校警備部の部員たちと、芝浜高校校安警察部の面々だ。警備部員は全員ヘルメットにプロテクター付きの真っ黒な出動服だ。校安警察部は青地のシャツにスラックス。要するに機動隊と警察官の制服然としたものだ。全員生徒ではあるけれど実力は本物だ。大・生徒會直属だから、確たる証拠さえあれば、彼らには他の生徒たちの活動を制限する権限が与えられている。武力制圧だってできるのだ。

「急いで設営を進めてください。複合機はこちらへ。学内のチェックポイントを記載した用紙をみなさんに配布します。以前に生徒たちが学内への不法侵入の際に使用したルートを、過去の大・生徒會の蓄積データから弾き出したものです」

ソワンデが印刷された学内地図を眺めて「ふん」と鼻を鳴らした。

複合機や大型スクリーンなどの設置が終わるのを見届けて、道頓堀はその場でスッと腕を高く上げた。途端に音がなくなる。

対策本部を埋めている全員が道頓堀を見ている。

道頓堀は言う。

「みなさまが――、この学園の風紀を守るカナメです。本来、学内活動は定時で完結すべきもの。夜を徹して活動するなど言語道断、学生としてあるまじき行為です」

物音一つしない。道頓堀会長の声だけが響く。

「本来の学生らしさを守るため、我々は戦わなければなりません。ネズミ一匹通さぬ監視体制で！」

斬り込み隊長の阿島が警備部員を数名引き連れて対策本部に戻ってきた。ニヤニヤしながらつぶやいている。「いやー、やっとお祭りが始まるね」

会計の王ははじめからここにいて、腕を組んで椅子に座ってずっと目を閉じている。

これで大・生徒會四名、全員が揃った。

道頓堀は強く言う。これは戦い。確固たる正義と悪の戦い、ハルマゲドンなのだ。

「我々は彼らを制圧し、勝利を掴むのです！」

「ウオオオオオ！」

対策本部が沸き返った。全員の腕が突き上がって、雄叫び(おたけ)びで部屋が揺れる。道頓堀はその振動に体を震わす。奇妙な快感が足の先から頭のてっぺんまで突き上げてきて天井に抜けていった。

ソワンデが道頓堀を見てボソリと言った。

「生徒たちに徹夜の作業を禁じるのに、私らは警備のために徹夜していいのか？」

道頓堀は答える。「いいんです」

「なぜ」

震える。

「なぜなら、私たちは正しいから」

ソワンデは何も言わなかった。道頓堀会長は燃え盛る正義の炎に煽られて、一直線に突き進む。

「それでは、現時刻を以て『芝浜高校文化祭の円滑な運営に関する特別対策監視作戦』を発動します！　みなさんの力で文化祭を阻止しましょう！」

ソワンデが言う。「文化祭を阻止してどうすんだ」

道頓堀は言い直す。笑顔のままだ。

「失礼。文化祭に臨まんとする不道徳な生徒たちを、一網打尽にしましょう！」

＊

「映像研はけしからん。何をしでかすかわからない危険な部だ。パブリック・エネミーだ」

金森は言う。浅草氏と水崎氏が、叱られる小学生みたいに床に正座して聞いている。

「我々に対するそのようなイメージを大・生徒會は学内全域に渡って喧伝してきたわけです。これはなぜか？」

水崎氏がおずおずと手を挙げて言った。「……映像研のことが嫌いだから？」

金森は舌を鳴らす。「……それもあります」

浅草氏が手を挙げた。

「まともに活動をしていないからではないか？」

金森はキレる。浅草氏の頭を掴んでブンブン振った。

「してるでしょうが！　予算審議委員会に文化祭！　貴様はいつもギリギリで姿を消すくせにどの口が言う⁉」

息を整えてから続けた。

「つまり、見せしめにされてるんですよ我々は。大・生徒會の意向に沿わない派手な動きをするとこうなるぞと、映像研を例にとって彼らは全校生徒に示したいわけです」

「ふうむ……」

「いいですか。大・生徒會にとって我々映像研はいわば仮想敵。バーチャル・エネミーです。当然、他の部活動よりも取り締まりが厳しくなる」

水崎氏が腕を組んで「うむ」となっている。いつの間にか正座を解いてあぐらになっている。

「裏を返せば、我々映像研がうまく立ち回って大・生徒會の目を引きつけておけば、他の部活動の監視は緩くなるということです」

「おお……！」

浅草氏が目を丸くしている。水崎氏がさわやかに言った。

「そっか……。そうだよね。みんな準備の大変さは同じだもんね」

金森は言う。

「そこで、映像研に協力的な各部活動の力を借りて何としても学校内に忍び込み、『ロボVSカニ』を完成させます」

二人がゴクリと唾を飲んだ。

浅草氏が低い声で言った。「うむ……。しかし、どうやって……？」

金森は浅草氏を見下ろす。

「上水道部と下水道部。覚えてますか」

浅草氏がビクリと肩を震わせた。下水道部部長の声の大きさに浅草氏は何度もビビらされているからだ。アーミー柄の鞄からうさぎのぬいぐるみを取り出して、簡易型の酸素ボンベみたいに吸い始めた。ああして心を落ち着けているらしい。

「彼らの協力を取り付けました。この〝彼岸〟の部室までたどり着くには、いつぞやの予算審議委員会の前日と同じように、地下水道を抜け、芝浜高校沿いを流れる川を下って、第四等部室、いわゆる〝キャンプ〟を通り抜ける必要があります」

夜の侵入劇を思い出したのだろう。浅草氏のうさぎを吸う力が強くなった。酸素吸入から薬物依存みたいに顔が変わっている。

「前回同様、まずは下水道部の案内で地下水道を抜け、地上に上がってからは上水道部のボートを借りて川を下ります。いいですね」

水崎氏が難しい顔になった。

「でも……、予算審議委員会のときと同じ経路じゃ見つかっちゃうんじゃないの？　わたしなら川伝いの道を真っ先に警戒すると思うけど」

「……それは織り込み済みです。言ったでしょう？　映像研に大・生徒會の耳目を集めるのだと」

「………」

「リスクはあります。だが、成功すればそれ以上の報酬が得られます」

「それってわたしたちが囮になるってことなんじゃないの？」

「そうは言っていません」

　金森は断言する。

「映像研の株を上げるチャンスなのです。大・生徒會の魔の手から、芝浜高校生徒の自主性と文化活動を守ることで、結果として映像研の支持率を上げ、将来的な環境改善につなげます」

「おおお……！」

「そうなればカネも入ってきます」

　声を揃えた。

「やっぱカネかよ⁉」

## 2

　文化祭監視特別対策本部はごった煮みたいな騒ぎだ。

　道頓堀は叫び続けている。対策室前面に設置された学内地図が投影されたスクリーンに赤い点が光った。「第一等部室監視係」とあるモニター群から警備部の一人が道頓堀に報告する。

「第一等部室裏！　不審者を発見しました！」

無線機に向かって道頓堀は叫ぶ。「第一等部室です！　阿島さん！　即確保を！」

〈あいよ！〉

斬り込み隊長の阿島の切れの良い返事が返ってきた。阿島を中心に、第一から第三までの各部室に警備部員を多数配置した。学内の監視カメラが不審者の侵入を察知すれば、対策本部のスクリーンにそれが即時投影される。対策本部長の道頓堀はそれを受けてすぐさま指示を出して現場に警備部員を急行させる。現状考えられるもっとも手厚いセキュリティだ。道頓堀は叫びながら少しだけ恍惚を覚える。こういう仕事が実は好きだ。

阿島から通信が入った。

〈第一等部室、阿島！　プロレス風取っ組み合い同好会を発見！　確保した！〉

対策本部が「ウオオ」と沸く。この一体感、この正義を執行する感じ、気持ちいい。

無線に向かって叫んだ。

「阿島さん！　よくやりました！」

またモニター監視員から声が上がった。

「臨海通学路に不審者発見！」

叫ぶ。喉がヒリヒリする。

「警備部急行！　誰一人逃がさないで！」

「はい！」

控えていた警備部員が数名駆け出していく。侵入者を捕らえてそれを報告に来る者や現場に向かう者が入り乱れて対策本部はひどい騒ぎだ。道頓堀はいつの間にか頬を赤く染めていた。声を出し過ぎたのだろうか。歩き回っているせいだろうか。

高揚していた。

＊

浅草は地下水道を歩く。明かりとか一切ないから懐中電灯だけが頼りだ。足元を照らすのは歩くたび緑色に光る子供用の靴。たぶん世界で一番この靴を愛用しているのは浅草だ。

下水道部部長が映像研三人の前を歩いている。ずっと無言だ。

水崎氏がニヤニヤしながら浅草に言ってきた。

「浅草さん。こわいの？」

浅草は胸のうさぎをぎゅっと抱きしめる。

「……うん。こわいのは嫌なんだよ……」

「オバケとか出そうだもんね」

「オバケって言わないでけろ」

さらにこわくなって音を立てないように一歩踏み出したら、踵が地に着く瞬間に、男の声で「今ぁあ！」と叫ばれた。

浅草は意識を失いかける。

下水道部部長が真っ暗な天井を見上げている。

「今ぁああ！　この真上が学校だぁあ！」

トンネルに反響しまくってただでさえ大きい声が何倍にもなって聞こえる。この下水道部部長、絶対にワザとだ。トンネル入ったら叫ばずにはいられない中学生男子といっしょだ。

「ここはぁ！　学校を突っ切る川のために作られた貯水トンネルぅう！　大雨の時にはぁ！　ここに何万トンって水を貯めるぅう！」

下水道部部長が闇の中を指差した。そこに微かに人影が見える。

「こっから先は上水道部の管轄だぁ！　捕まんなよ、映像研ンん！」

＊

「〝蜂の巣〟裏階段に不審者三名発見！　号外部と目されます！」

道頓堀は叫ぶ。

「警備部急行！　即時確保しなさい！」

〈警備部四班より本部へ！　炭酸飲料愛好会五名、確保しました！〉

「よし！　引き続き警戒に当たってください」

道頓堀の頭の中はフルスロットルだ。入ってきた情報に条件反射のスピードで対応する。考えないのって楽。そして楽しい。

モニター監視員が報告する。

「体育館外廊下！　不審者！」

力いっぱい無線を握りしめた。

「警備部二班いますか？」

〈はい〉

「急行してください。抵抗するなら組み伏せて！」

〈了解。発見次第確保します〉

＊

「ううう……」

吸い尽くされたうさぎのぬいぐるみがじっとりしている。浅草たち三名は、上水道部の案内で〝彼岸〟に向かって学内を流れる川を下っていた。

この川の両岸には無数のテントが設営されている。学校施設内に部室を持てない第四等の部活動に割り当てられる部室がここだからだ。以前に通ったときは自炊の跡も見えたし洗濯物も翻っていた。夜に川を下ったから、各部の色とりどりのテントがランタンみたいにカラフルですごくきれいだった。

なのに今日は真っ暗だ。

水崎氏が低い声で言っている。

「誰もいないね……」

金森氏がやっぱり低く答える。

「第四等の〝キャンプ〟すら監視対象なんでしょう。大・生徒會、これはマジですね」

水崎氏がきょろきょろしている。

「どっかその辺に警備部とか生徒会とか潜んでるんじゃないの？」

「織り込み済みです」

浅草は怯えながら言う。

「静かすぎるのも不気味じゃな……」

金森氏が前を見ている。

「腹ぁくくってください」

＊

道頓堀は紅茶を飲む。喧噪のなか飲む紅茶も乙なものだ。

舌の付け根がピリピリする。

「で、どうですか？」

主語も述語も省略して道頓堀は尋ねた。今回の作戦の目的だからこれで通じる。

ソワンデがぶっきらぼうに答えた。

「……今のところ、想定通りに動いてるな」

道頓堀はカップで隠してニヤリと笑う。

「そうですか。現在位置は？」

抑揚のない声でソワンデが答える。

「〝彼岸〟に続く川岸に接岸したところだ」

「そうですか」

無線機に手をやった。必要以上にゆっくりとスイッチを押し込む。

「いますか？　阿島さん」

阿島の声が返ってきた。

〈いるよ〉

＊

ドアを開けたら丸い光に捕らえられた。目の前が真っ白になって何も見えない。腕で目を覆って細目で見たら、部室が人で埋め尽くされていた。真っ黒な服を着た警備部員たち。真っ白い光を放つ投光器の隣でツインテールの女子生徒が笑っていた。

右手を上げた。

「よう」

金森は奥歯をしがむ。

「映像研さん、いらっしゃぁい」

生徒会阿島が言った。これ以上ないほど嬉しそうな笑顔だ。

＊

「かかった！」

道頓堀は叫ぶ。嬉しくてたまらない。やっと映像研を捕らえた。映像研の目的は何か？　それはアニメを完成させること。アニメを作るには設備が必要だ。それらアニメ制作に必要な設備は映像研の部室にしかない。だから経路はどうあれ、奴らは必ず最後には部室に来る。そこに大人数を揃えて待っていればいい。幸いにも場所は〝彼岸〟だ。警備部員たちや阿島が多少暴れたって誰にも聞こえやしない。あの映像研を私が捕らえたのだ。あの金森に、私が勝ったのだ。

興奮していた。

「やった！　確保して！」

隣でソワンデが舌を鳴らした。頬を赤くした道頓堀はそれに気づかない。

腕を組んでモニターを見つめたままソワンデがつぶやいている。「バカが……」

道頓堀は止まらない。

「組み伏せなさい！」

モニターの中で警備部員が映像研三人を取り囲み、押さえつけた。右手に浅草、真ん中に金森、左手に水崎がいる。三人とも床に膝をついて、カッカッ靴を鳴らしながら近づいてくる阿島を睨（にら）みつけている。ゾクゾクする。

ポケットに手を突っ込んだまま阿島が腰を曲げて三人の顔を覗き込んでる。

「あ？　どんな気分？　映像研さんよ」

金森が奇妙に顔を歪めた。唇をひん曲げて悔しがっているのかと思ったけど何か違う。阿島が「あ？」とか言いながら金森の顔をまじまじと見ている。

急に腕を伸ばして金森の顎を摑んだ。「お前……！」

阿島が金森の顎をぐいと持ち上げた。同時に金森の顔が外れた。道頓堀は「ヒッ」

と悲鳴を上げる。

阿島の手の中に「金森さやか」の顔がぶら下がっている。

「マジか……。お面か、これ」

金森さやかが知らない女子生徒に変わっていた。「知らない」と思ったけど記憶の隅に引っかかった。道頓堀は過去の記憶にサーチをかける。そして思い出した。

「元形態模写部、部長……⁉」

部活動統廃合で「真似事部」に統合された「形態模写部」の部員だ。阿島が浅草と水崎の顔に手をかけた。勢いよくお面をはがす。

やっぱり見覚えがあった。

「元身代わり部部長と副部長……！」

三人の女子生徒が唇をひん曲げて笑っていた。モニター越しに道頓堀を笑っている。心の底から恥辱を感じた。今まで生きてきた中で最も恥ずかしい。

道頓堀は叫んだ。

「ありえない……！　どういうことなの！」

金森は堂々と歩いて複合機に近づいていく。浅草氏の描いた背景の原画をスキャンして、浅草氏の作業しているパソコンに転送した。

大声が響き渡っている。

「じゃあ映像研はどこに行ったの⁉　アニメ作る人間が徹夜しないなんてありえない！　探して！　探しなさい！　校内全区域に範囲を拡張してなんとしても映像研を見つけ出しなさい！」

浅草氏の背後に近づいてボソリと言った。浅草氏のパソコンのモニターに爆発のシーンが映っている。浅草氏がマウスをカチカチしている。「どーん。ここにエフェクト……！」

隣のパソコンで水崎氏が作画している。「動画、あと一カットで終了だよ」

浅草氏がニヤニヤしている。「ラジャ！」

金森も言う。「さっき背景のスキャンデータ送りました」

浅草氏が嬉しそうだ。「きとるよきとる」

「やはり、同じ部屋にコピーやスキャンのできる複合機とPCがあると捗（はかど）りますね」

「さっすが生徒会の所有してるパソコン！　学校でライセンス契約してるソフト全部入ってるよ。スペックも高い……！」

「まあ、各部の活動結果の精査のために必要と言えばどんな申請も通るんでしょう」

水崎氏がヘルメットの下の顔を赤く火照らせている。

「これさ、入ってきたときと同じ要領で持ってってもバレないんじゃない？」

金森は水崎氏のモニターを体で隠しながらボソボソ言う。

「紙も鉛筆も機材も使い放題ですしね。おかげで制作予算もどうにかなりそうです」

水崎氏がしあわせそうだ。顔を上げて大きく空気を吸い込んでる。

「あー。エアコンあるだけでほんと捗る」

浅草氏が小声で言った。

「この勢いで完成させちまいやしょう」

水崎氏が小さく答えている。「おー」

警備部員たちと校安警察部が右往左往している。その真ん中で道頓堀会長が頭を抱えている。

金森は喧噪のなか、声を低めて言った。

「浅草氏。シナリオ作成ご苦労さまでした」

浅草氏が「シシシッ」と低く笑った。「ワシにとって入れ替わりのミステリは専門外じゃが、それなりに楽しかった」

続けて言う。

「水崎氏も。形態模写部と身代わり部への〝所作〟の指導。見事でした」

水崎氏が嬉しそうだ。

「彼女たちに演技の素養があって助かったよ。わたしはともかく、金森さんと浅草さんはキャラが強いからさ。相当うまく模写しないと不自然になっちゃうもんね」

「どういう意味です」

「あはは」

金森は静かに言う。

「協力を仰いだ形態模写部と身代わり部、それに特殊メイク研究会と上・下水道部には報酬が必要です。水崎氏、あとで彼らと握手してやってください」

水崎氏が笑っている。

急に水崎氏が振り返った。金森は資料の束を抱えたまま「はい」と短く応じる。

「ありがとう」

そう言われた。金森はぶっきらぼうに答える。

「なにがです」

「だって金森さん、こうなるの全部想定してたんでしょ？」

答えた。

「……生徒会メンバーが〝彼岸〟で待ち構えていることを想定するなら、当然、映像研の部室に何らかの集音装置が設置されているリスクも考えるべきです」

浅草氏がポカンとしている。

「じゃあ金森氏は、大・生徒會に聞かれてると思ってあんな話をワシらにしたのけ？」

「そうです」

水崎氏が悔しがっている。小声で言ってから唇の端を曲げて笑った。

「完っ全に騙された……！　さすが金森さん」

大きな声が響き渡った。

「映像研はどこ!?　見つけ出しなさい！　生徒会の沽券に関わるの！」

## 3

『文化祭当日』

完成しました。予定通り、『ロボVSカニ』の上映を行います。

この一文をメールするために大変な思いをした。金森はスマホをポケットにしまって空を見上げた。曇っているのにきれいな空だ。寝ていないのに眠くない。

「あとは、披露するだけですね」

浅草氏がすっきりした顔をしている。なんとも誇らしげに笑っている。「うむ」

水崎氏が微笑んでいる。金森と浅草の手をとった。

「わたしたちの作品だよ」

無言で肯く。

水崎氏が遠くを見ている。

「いったいどんなリアクションが返ってくるんだろう……。ワクワクする。すごくワクワクする。わたし、二人と出会えてホントに良かった。ホントに感謝してる」

笑った。浅草氏も同じ顔で笑っている。

同じ想いだ。

＊

芝浜高校文化祭の規模はすさまじい。入場者数は毎年千人を超えるし、模擬店や出し物の数は把握しきれないほどだ。花火だって上がる。

学校正面入り口のアーチのすぐそばに、ロボ研所有のタロースが立っている。

「本日！　第一講堂にて映像研究同好会とロボット研究部のコラボ作品を上映いたしまーす！」

ロボ研部長の小林と女子部員の小鳥遊、それに小豆畑はチラシ配りの担当だ。

小鳥遊が声を張り上げる。

「みなさま、ぜひご覧くださーい！　読者モデル水崎ツバメの舞台挨拶もありまーす！」

「はあああああ!?　台湾!?」

さわやかな気分が吹っ飛んだ。金森は普通にキレる。ネゴシエートや駆け引き抜きで純粋に腹立ってキレるのはひさしぶりだ。

第一講堂の鍵は顧問の藤本先生に預けていた。だから職員室にそれを受け取りに行ったら、そこにいた教師の一人に言われたのだ。

「藤本先生なら台湾だよ。台湾旅行」

猛烈に首を振る。「いやいやいや……。それはない」

もう一度言った。「それはない」

水崎氏が膝から崩れそうになっている。

「か……、鍵は……?」

金森はスマホを取り出して、アドレス帳の「ヒゲ」をタップする。ルルンルルン電話が鳴ってる。早く出ろ。二秒で出ろ。そして説明しろ。どこに鍵を隠した。

藤本先生が電話に出た。

〈持ってきちゃった。ワッハッハ〉

笑っている。こんなに純粋に「死ね」って思ったのははじめてだ。教師と生徒じゃなく、人として叫んだ。「笑いごとじゃねえ!」

〈ごめんねえ。今空港なんだけど〉

「空港⁉ 台湾じゃなく空港ですか?」

〈そうそう。なんかでかい台風が台湾にいて、飛行機飛ばなくなっちゃって〉

耳を寄せて聞いていた浅草氏が怒っている。

「行ってんだか行ってないんだかどっちなんじゃ!」

笑ってやがる。

〈ワッハッハッハ〉

「笑うな！　空港ですね⁉　羽田ですか成田ですか⁉　ギリギリ間に合うかもしれません！」

〈んー。ちょっと難しいかなぁ〉

「なんで⁉」

〈ここ、新千歳空港だから。ワッハッハ！〉

「どんなルートだ！　バカヤロウ！」

埒が明かないので別の方法を考えるよりない。世界の終わりを見るみたいな目で浅草氏と水崎氏が金森を見ている。

「……発表までに講堂への侵入方法を考えます」

水崎氏がおずおずと言った。

「排気ダクトとか……？」

浅草氏がテンパっている。「成層圏からＨＡＬＯ降下で天井に下りて穴を開け……」

金森は叫ぶ。

「妄想合戦はいい！　現実を見ろ！」

簡単に入れないように鍵をするのに、そこに忍び込む方法が簡単に見つかるわけなかった。金森は頭を抱える。憎い。この講堂の正面入り口を物理的に閉鎖しているジャラジャラした鎖付きの南京錠が憎い。

水崎氏が泣きそうになっている。

「どうしよう金森さん……」

浅草氏がテンパりすぎてIQが限りなくゼロに近くなっている。

「どなする……？　どなすべぇ……？」

「………」

金森も答えを持ち合わせていない。もうすぐ観客たちがやってきてしまう。客を入れられないならそれまでだ。今更別の上映場所など用意できやしない。二部活潰して確保した場所なのだ。死ぬ想いをして作り上げた作品なのだ。それなのに、まさか講堂が開かないなどという理由で上映できなくなるなんて……！

金森は天を仰いだ。すべがない。

「そこをどけ。映像研」

振り返ったら、生徒会のソワンデが立っていた。その手に大バサミを持っている。

ソワンデが金森を押しのけた。そのまま南京錠の鍵を大バサミでバツンと切断する。

ジャラジャラと鎖が床に落ちた。続けて南京錠が落ちてゴツンと床を打つ。

ハサミを構えたままソワンデが金森を見ている。

金森は言った。

「何のつもりです」

ソワンデが鼻を鳴らした。「フン」

「何のつもりだと聞いているんです」

「……言っただろ。学校外じゃ守れないが、学校内で起こることなら生徒会がお前らを守る」

「…………」

その時、水崎氏のスマホが短い音を立てた。メールの着信音だ。

水崎氏がスマホを見て顔を青くする。

つぶやいた。

「どうしよう……？」

浅草氏が不安そうに水崎氏に顔を寄せている。「水崎氏……、どないした……？」

「台風が……。台湾を直撃して……」

そういえば藤本先生がそんなことを言っていた。

「パパとママが、台湾ロケが中止になったから文化祭来るって……」

真っ白になる。

「何ぃいいい⁉」

ソワンデがきょとんとしている。

「親が来られることになったのか。良かったじゃないか」

まったく同時に浅草氏と叫んだ。

「良くないんじゃあ！」

マズい。これはマズい。

親が来てアニメを作っていることがバレたら、水崎ツバメは映像研にいられなくなるのだ。

＊

水際で食い止めるしかなかった。金森は、学校正面入り口近くでチラシ配りをしているロボ研小林に電話する。

開口一番に言った。

「緊急事態です。水崎両親が学校に来ちまいます。なんとしても入り口で阻止してください！」

　ロボ研小林の声が返ってきた。

〈水崎さんのご両親って、水崎葉平と水崎菜穂美？〉

「そうです」

　ロボ研小林の返事が返ってこない。じっと待ったらやっと言った。

〈すんません……。さっき案内しちゃった……〉

## 4

## 『完成披露』

　もう時間がなかった。第一講堂は大勢の客で埋まっている。ロボ研の配っているチラシに、「読者モデル水崎ツバメ作成」とめちゃくちゃ大きく書いておいたのが功を奏して立ち見が出る程の盛況だ。

　金森は、観客席の後ろ、上映機材の置かれたスペースに控えていた。状況を見ながら上映開始のスイッチを押すためだ。ここからはスクリーンと舞台がよく見える。客で埋め尽くされた講堂も見渡せる。そして金森は気づいている。水崎パパと水崎ママが講堂の前の方、舞台挨拶でばっちり顔が見える場所に二人並んで座っていることに。

——どうする……？

いくら考えても解決策が出てこない。読者モデル水崎ツバメの人気を利用して集客したから舞台挨拶は当然水崎氏だ。このまま水崎氏が舞台に立てば、水崎氏のアニメ作成を禁じたご両親が、直接その目で水崎氏の非行を目にすることになってしまう。かと言って金森が舞台に立つわけにもいかない。水崎ツバメが見られるからやってきたお客がたくさんいるからだ。それに金森はここを離れられない。プロデューサーとして、ここで上映開始のトリガーを引かねばならないから。

——どうする……？

浅草氏の顔が浮かんだ。いま浅草氏は水崎氏といっしょに舞台裏にいるはずだ。水崎両親がやってきていることには当然気づいている。浅草氏と水崎氏も相当に追い詰められているはずだ。

金森の頭の中で浅草氏が泣いている。

「どうすべえ水崎氏……！　水崎氏が出て行ったらご両親にバレてしまう！」

金森の頭の中の水崎氏は覚悟を決める。

「しょうがないよ来ちゃったものは……。わたし、出るよ。わたしたちのアニメ、上映しよ」

「それはダメじゃ！　水崎氏が映像研にいられなくなる！」

「わたしだって嫌だよ！　だけど、しょうがないじゃん！」

そして浅草氏は黙り込む。水崎氏は唇を噛んでマイクを持ち、舞台袖に向かって歩き出す。そして今、緞帳の陰から浅草氏が顔を出した。

金森は息を呑む。

「浅草氏……？」

出てきたのは水崎氏じゃなかった。浅草氏だ。浅草氏が右手と右足を同時に前に出してギクシャクと舞台中央に進んでいく。何もないのに途中でつまずく。涙目だった。マイクを持って舞台の中央に立つ。すでに泣いてる。ボロボロ涙が落ちている。

あの浅草氏が、大勢の観客を前に、舞台に立ってる。

ハウリングの後で浅草氏が口を開いた。

「……う」

声が出ていない。「あ……。あぐう……」

震えている。いつもうさぎを抱くみたいに、胸の前でマイクを握りしめてる。

涙をこぼしながら言った。

「こ……、これっ……、より、え……、ええ映像研と、……ロ、ロロボット研究……、会の、ききき、きょ」

がんばれ。

「きょ……、共同、制作、作品……、を、じ、じじじょ、上映」

言え。

「い、いいい、いたし、ます る」

言った。

目が離せなかった。あの浅草氏が舞台に立ってる。舞台に立って、逆ギレするでもなく、浅草みどりとして口上を述べている。

金森と浅草は中学一年生の時に出会った。それからほぼ四年。

四年越しの、超大作だ。

金森は上映開始のスイッチを押そうとする。舞台の上で浅草氏が腰を屈めた。お腹の痛い子どもみたいな姿勢になって、ボロボロこぼれ落ちる涙を流れるままにしている。

——浅草氏……。そこまで緊張していたのか……？

そう思ったけど、違った。浅草氏が舞台袖に目をやった。ここからは見えないけど、そこには水崎氏がいる。水崎氏を見て、浅草氏が観客席に向き直った。腰を折って、「ぐうう」とうなる。

なかなか顔を上げない。

「ぐっ……、ぐうう……、ぐぐぐううっ……」

涙声で言った。

「え……、映像研の、作品――。『ヒョウモンリクガメの動き』。その一からその七、です」

金森は雷に撃たれた。そういうことか。

浅草氏は、作品の上映より水崎氏を選んだのだ。

観客席がざわついている。一番前の席に座っているロボ研メンバーが口々に言っているのが聞こえる。

「なんだ⁉　タロースは⁉」

「どういうことだ！　映像研は我々に嘘をついたのか⁉」

金森は迷う。手元のパソコンには完成した『ロボVSカニ』の動画ファイルと、テッポウガニの資料映像として残していた『ヒョウモンリクガメの動き』のファイルがある。浅草氏の意図はわかった。金森だって同じ思いがある。だから『カメ』のファイルを選ぼうと思った。だけどクリックできなかった。浅草氏の気持ちと同じだからだ。

三人で作ったアニメを、どうしたって、上映したいのだ。

その時、舞台袖がバサリと揺れた。まるでそこにスポットライトが落ちてきたようだった。水崎氏が歩いていた。大股に美しく、まっすぐに舞台中央を目指して。

浅草氏の肩に手を置いた。

「ありがと。浅草さん」

涙でボロボロの浅草氏からマイクを受け取った。水崎ツバメが大きく息を吸い込んだ。

まばたきもせず、会場の全員に目をやった。クライアントであるロボ研、芝浜高校の生徒たち、生徒会メンバーも見ている。学外からやってきた保護者や関係者、一般客、そして水崎両親に。

最後に、最後列にいる金森さやかに。

めちゃくちゃ大声で言った。

「気合い！　入ってます！」

金森は『ロボVSカニ』のファイルをクリックする。心の中で水崎氏といっしょに叫んだ。

「観てください！」

水崎氏の背後に水柱が立ち上った。現れるはカニとカメに似た、テッポウエビの能力をもつ体重六・二トンの怪獣、テッポウガニ！　対するはロボ研所有の巨大ロボ、タロース！

プレゼンするのは、

映像研だ。

＊

水柱を突き上げて現れたのは真っ赤なボディの巨大テッポウガニ！　丸い甲羅はすべての攻撃を受け流す。両腕のツメから発射されるはアフリカゾウも一撃で倒す衝撃波！　芝浜の地下で眠り続けてきた太古の巨大生物がいま、蘇（よみがえ）った！

テッポウガニは建物ごと振動させながら芝浜の地下水路を歩く。どこへ向かうのか、そのツメは獲物を求め、カチリカチリと物欲しそうに鳴る。人の暮らすこの世界にはあまりにも危険な生き物だ。

芝浜の町を守るロボット研究所に一本の電話が入った。ジリリリリン。黒電話を上げるとそれは町の観測を続けている博士からの連絡だ。女性隊員が言う。

「地下ピット内で振動が観測されました！」

途端に基地内に警報音が鳴り響く。

〈カニ型の怪獣が出現！　くり返す！　カニ型の怪獣が出現！〉

隊員たちは走る。出撃のためだ。何が出撃する？　それはタロース。ロボット研究所が誇る体高八メートルの巨大ロボット、タロースで怪獣を倒すためだ！

「オライ、オーライ！」

ハッチが開く。昇降台に乗ってせり上がってくるのは、汎用人型決戦兵器、タロース！　青いボディに全方位型のモノアイを備え、右手にチェーンソー、左手にパイルバンカーを装備したガテン系ロボだ。

ロボット研究所のメインモニターに「発進」の文字が躍る。同時にカタパルトのロックが外れ、タロースの目が黄色く光る。射出される。飛び出すのは空だ。八メートルの巨体ながら、タロースは飛べる。液体燃料式のロケットエンジンで、短距離ながら時速八〇〇〇キロメートルの飛行も可能なのだ。

ロボット研究所から、タロース内部のパイロットに向けて指示が飛ぶ。

〈そのまま地下水路に向かってください！〉

〈目標は依然地下ピット内を微速前進中！〉

タロースのセンサーが地下にうごめく巨大生物を探知した。巨大生物の動きが止まった。タロースが巨大生物の存在を察知したのと同様に、巨大生物もまた、敵であるタロースの存在を察したのだ。

待ち構えている巨大テッポウガニと、巨大ロボ、タロースが地下ピット内で対峙する。

「リコイルスターター！」

パイロットは叫ぶ。タロース右腕の対生物用物理型殲滅武器、タロースチェーンソーを起動させるため、左腕でスターターを勢いよく引く。激しい熱と音とともにチェーンソーのエンジンが回り始めた。ゴッゴッだった巨大な刃は鋭い回転を得て滑らかな一枚の刃に変わる。

タロースが振り上げたチェーンソーが、自ら発光して地下ピット内を淡く照らす。

巨大テッポウガニに向けてチェーンソーを振り下ろした。鋭く回転する刃を、カニが巨大なツメで躊躇いなく受け止める。カニの装甲もまた、生物学的に考え得る限界に近い強度を誇っているのだ。

カニの硬さとチェーンソーの回転がぶつかり合い、ピット内に火花が散る。

ビギギギギ、ギギッ！

カニが左のツメでチェーンソーをロックしたまま右の前腕を大きく引いた。必殺の衝撃波を放つ前の準備動作だ。

カニは溜め込んだ力を一気に解放する。勢いよく閉じられたツメの先から放たれるは一〇〇〇気圧を超える衝撃！　五〇〇〇〇ケルビンの熱を伴って、衝撃波がタロースの巨体を吹っ飛ばす。

タロースは数十メートルも撥ね飛ばされ、そのまま地下ピットの外壁に衝突する。粉塵が舞う。一瞬何も見えなくなる。聞こえるのは音だけだ。

壁の崩れる音。天井の軋む音。そしてテッポウガニの、興奮した呼吸音。

タロースは起き上がれない。カニは真っ暗な天井を見上げ、その先にある広い世界を本能的に知る。人々の暮らす町、芝浜の町が地上には広がっている。カニは大きく体を沈み込ませた。力を溜めて、前足以外の四本の足で垂直に飛び上がった。コンクリの天井を頭と甲羅でぶち破る。ついに巨大テッポウガニが、地下を飛び出して地上に、芝浜の町に現れたのだ！

テッポウガニが吼える。「ムォオオオオオン……ン」

〈ロボット研究所は混乱している。〈まずい！　冷却ファンがイカれて運動プログラムが作動しない！〉

地下ピットに残されたタロースの中でパイロットが叫ぶ。

「手動で動かします」

〈なにっ⁉〉

タロースが起き上がる。首が曲がって上を見る。テッポウガニが突き破った天井の向こうに青い空が見えている。タロースの目が輝く。背中のロケットエンジンが火を噴いた。

タロース！　地上へ！

再びテッポウガニと対峙するタロース。さっきはカニの一撃に不覚をとった。だが、それは戦いの場が狭い地下ピットだったからだ。タロースの本来の武器は、その動き！　タロースの可動域は広い。まるでアスリートのように体を使い、格闘家のように打撃し、人のように予測不能な行動をする。自動制御はタロースの性能を活かしきれない。いま、手動操作によってパイロットと一体になったタロースこそが、本来の性能を百パーセント発揮した、真のタロースなのだ！

タロースはカニの背後に回り込む。そのまま腰を落とし、カニの巨大な体を持ち上げた。タロースの背中が反り返る。カニは宙を舞い、そのまま背後に投げ飛ばされる。投げっぱなしジャーマン！　従来のロボとは一線を画す、まるで人間のようなロボット。人機一体のロボット。それこそが我らがタロース！

しかしテッポウガニもまた古代の巨大生物の生き残り。その生存本能は目を見張るものがある。野生に火のついたテッポウガニはその口を大きく開き、タロースの肩に噛みついた。これ自体の攻撃力は問題ではない。だが、テッポウガニは野生として賢い。噛みついたまま、右手のツメで衝撃波を放ったのだ。タロースは逃げられない。衝撃波は直撃し、タロースの左足を吹っ飛ばした。タロースのバランスがガクリと崩れた。チェーンソーの右腕を地について、なんとか体を支える。

テッポウガニの目が光った。野生が逆る。勝利を確信したのだ。

だが！　タロースには隠された武器があった。タロースの〝動き〟を最大限に活かす武器。それは右手のチェーンソーの回転力を利用した高速移動！　チェーンソーを地面に突きたて、回転力を推進力に変えて縦横無尽に爆走する。その速度はすさまじい。巨大ロボは地面を削ってテッポウガニに迫る。左手のパイルバンカーが太陽の光を受けて輝いた。

足を掬ってカニを転ばせる。カニが地面に仰向けに転がった。さらにタロースは距離をとって助走をつける。背中のロケットエンジンを噴射してさらなる推進力を得る。なぜか。跳ぶためだ。高く跳んで、左手のパイルバンカーの一撃に、地球の重力の力を乗じるためだ。

タロースが跳んだ。テッポウガニの丸い目に、天高く小さくなったタロースの青いボディが映っている。

タロースの一撃は、テッポウガニの装甲を打ち砕いた。

画面いっぱいに大爆発が映し出された。

そして大歓声。

タロースは勝ち、芝浜の平和は守られたのだ！

水崎母は、水崎父を見上げて尋ねる。

「どういうこと？」

水崎父は答えた。

「ぼくが言ったんだ。ツバメをアニメから遠ざけてくれって」

「……どうして?」

水崎父のメガネにスクリーンの光が映っている。観客の大歓声が講堂を揺らしている。

「ツバメはさ……、なんでもすぐ吸収して再現する。天才だ。君の夢だったろう? ツバメを役者にするのは」

水崎母が視線だけで肯いた。そして言う。

「ツバメの才能は観察眼だからね。でも……」

「うん」

「知らないうちに、独創性も持ったんだ」

父は肯く。

「ああ」

## 5

観客たちの熱気に百目鬼氏が呆然としている。マイクを取り出して水崎を見た。

「すげえ音っす。あの水崎氏……、この音、採っていいスかね」

水崎も頬を火照らす。すごい気持ち。すごく満たされてる。

金森氏が人混みをかき分けてドカンとテーブルを置いた。バリッと気持ちいい音を響かせてダンボールを開封する。浅草氏を見て言う。

「いいですか浅草氏。ここからが商売の本番。ＤＶＤの販売です」

浅草氏がおどおどしている。

「金森氏……。たしか、部活動でカネを儲けてはならんのでは……？」

「そら校外での話です。文化祭は特例だとこの学校の教師も言っていました」

「おう……。さすがは金森くんじゃ……」

「ロボアニメ五百円」と書いたポップを置いただけのＤＶＤ売り場が人で埋め尽くされている。水崎は金森氏に千円札を一枚握らされた。金森氏が言う。

「水崎氏がいると人が集まりすぎて商売に支障をきたすので、どっか行っててください」

「え？　じゃあこれ、『千円やるからどっか行け』って意味？　金森さんがおカネくれるの？」

「違います。焼きそば四人前、買ってきてください」

「おお！　金森さんのおごり⁉」

「違います。今回の報酬です」

「あ……。なるほど」

　水崎は笑いながら講堂を出た。料理研究部の出している店でできたての焼きそばを四パック買う。薄いパックに入った熱い熱い焼きそばを手の上で持て余していたら、背中から男の手がニュッと伸びてきてパックを持ち上げた。

「ぼくが持つよ。ツバメ」

　振り返ったらパパとママが立っていた。

　芝浜高校グラウンドに、水崎一家が揃った。

　焼きそばを食べながら水崎ツバメは言う。いつか聞いてみたいと思っていた。

「ねえ。パパとママは、自分の演技に満足したことって、ある？」

　ママが答えた。

「わたしはないね」

　パパも言う。

「ぼくもないな」

　ツバメは答えた。「そっか」

ソースの匂いに包まれている。「わたしさ、アニメ作ってて思ったんだよ。わたしが生きるってことは、こういうものをひたすら作るってことなんだって」

焼きそばを箸にひっかけたままパパとママがツバメを見ている。こないだ浅草氏と金森氏とご飯食べていてはじめて知った。ツバメの箸の持ち方は変だ。それがなぜかわかった。

パパとママと、同じ持ち方だからだ。

ツバメは言う。

「これはもう、どうしようもない」

立ち上がって二人を見た。

「どうだった？　アニメーション」

パパが先に答えた。

「生の爆発はもっと印象ちがうよ」

ママも言う。笑っている。

「でもいい演技だった」

ツバメも笑った。

「さすが役者夫婦。やっぱ見どころわかってんじゃん」

大丈夫だって伝えるために、パパとママを連れて講堂に帰った。講堂からは人が引けていた。DVDの販売台も空っぽだ。床に浅草氏がダイレクトに尻をつけて座り込んでいた。入ってきたツバメに気づいてガバリと腰を上げた。

「水崎氏！　DVD全部売れたじゃよ！」

金森氏も顔を上げた。

「焼きそばは？」

「あ……。一つしか残ってないや」

「まさか、食ったんスか。四人分の報酬だって言ったでしょう？」

「ごめん……。でもほら！　DVD完売したんでしょ？　大儲けじゃん！」

「いえ……。これで製作費とトントン。まだまだ自転車操業です」

浅草氏が腕を組んで難しい顔になって言った。

「しかし……、反響に反してやり残した気分が八割じゃ。引きの絵をもっと増やせば豪華になったかも……。壁崩落のカットも背景を緻密に描けばスケール感が出た気がする」

そこまで言って、ようやく水崎パパと水崎ママに気がついた。浅草氏が「あっ！」と短い声を上げる。

水崎ママが浅草氏と金森氏に言った。

「ツバメのお友達？」

浅草さんが答えた。緊張しているみたいだ。

「いえ……」

顔を上げて、金森さんと同時に言った。

「仲間です」

水崎ツバメは微笑む。

うん。

知ってる。

## 本書のプロフィール

本書は、映画『映像研には手を出すな！』（脚本／英勉・高野水登、原作／大童澄瞳）をもとに著者が書き下ろした作品です。

小学館文庫

# 小説（しょうせつ）
# 映像研（えいぞうけん）には手（て）を出（だ）すな！

著者　丹沢（たんざわ）まなぶ
原作　大童澄瞳（おおわらすみと）

二〇二〇年九月十三日　初版第一刷発行

発行人　飯田昌宏
発行所　株式会社　小学館
〒一〇一-八〇〇一
東京都千代田区一ツ橋二-三-一
電話　編集〇三-三二三〇-五六一六
　　　販売〇三-五二八一-三五五五
印刷所―――図書印刷株式会社



この文庫の詳しい内容はインターネットで24時間ご覧になれます。
小学館公式ホームページ　https://www.shogakukan.co.jp


ISBN978-4-09-406770-5